U0609803

说方言的麻雀

［日］户川幸夫 著
［日］石田武雄 绘　姜尚明 译

户川幸夫动物小说

长江出版传媒
长江少年儿童出版社

图书在版编目（CIP）数据

说方言的麻雀 /（日）户川幸夫著；（日）石田武雄绘；姜向明译. 一武汉：长江少年儿童出版社，2016.8
（户川幸夫动物小说）
ISBN 978-7-5560-4492-4

Ⅰ.①说… Ⅱ.①户…②石…③姜… Ⅲ.①儿童小说－短篇小说－小说集－日本－现代 Ⅳ.①I313.84

中国版本图书馆 CIP 数据核字（2016）第 202013 号

TOGAWA YUKIO DOUBUTUMONOGATARI 3
KUDAKETA KIBAI by Yukio Togawa
Copyright © 2008 Kumi Togawa
All rights reserved.
Original Japanese edition published by Kokudosha

Simplified Chinese translation copyright © 2016 by Shanghai All One Culture Diffusion Co.,LTD
This Simplified Chinese edition published by arrangement with Kokudosha,Tokyo, through HonnoKizuna, Inc., Tokyo, and Shinwon Agency Co. Beijing Representative Office, Beijing.

著作权合同登记号：图字：17-2014-327

户川幸夫动物小说

说方言的麻雀

原　著	（日）户川幸夫 著　（日）石田武雄 绘
译　者	姜向明
责任编辑	张云兵
特约编辑	李晓阳　赵迪秋
封面设计	小　贾
封面绘图	齐　娜
装帧设计	齐　娜
出品人	李　兵
出版发行	长江少年儿童出版社
电子邮件	hbcp@vip.sina.com
经　销	新华书店湖北发行所
承印厂	三河市南阳印刷有限公司
规　格	880×1230
开本印张	32 开　6.25 印张
版　次	2016 年 9 月第 1 版　　2018 年 3 月第 2 次印刷
书　号	ISBN 978-7-5560-4492-4
定　价	23.80 元
业务电话	（027）87679179 87679199
网　址	http://www.hbcp.com.cn

本书如有印装质量问题，可向承印厂调换。

目录

崩折的牙

名犬小太刀之墓

到处都已是一片春色。

就在前不久，在融雪后的泥地里，行走起来还很吃力。

墓地里泥泞的道路，此时也被春日里的阳光晒暖了，又松又软，即使穿着木屐，脚底也能感觉到柔软的泥土的暖意。

我喜欢这样的感觉。

这种春天的感觉，哪怕是在东京，也得到很远的郊外方能感受得到。

还有这种宁静。

在一块块墓碑间，鹌鸟啦，野鸽啦，乌鸦之类的鸟儿纷纷飞下来稍作歇息。"小不点儿"一追上去，它们就急匆匆飞上旁边的枝头。

鸟儿们决不会飞远，只要我和狗狗一离开那里，它们就会立刻飞下来。它们大概也知道这里一向都很安静，是个没有危险的地方吧。

墓地打扫得很干净。

不过即便如此，在路沿和墓地内的许多地方，还是爬满了青草。

说到墓地，总会使人有种阴森森的感觉，但青山墓园不是这样，它正沐浴在春天的大暖阳里呢！

我家就住在墓园附近。每天早晨，我都会牵着爱犬"小不点儿"，在里面遛上一圈。

遛一圈大约要花一个小时。

对于像我这样工作时一直坐着的人而言，这真是一项恰到好处的运动；对我的小狗来说，也是很好的运动。

因此，我对墓园的地形布局，都有了相当详尽的了解。

墓地里的基本情况，我大致上都知道。比如：从大久保利通①的墓地走到锅岛家或黑田家墓地的路线有哪些；浜口雄幸②和头山满③的墓如今成了什么样子；从西南战争④、日清战争⑤、日俄战争到这次的战争⑥阵亡士兵的坟墓有多少，等等。对了，我还知道在樱田门外袭击了井伊扫部头⑦的萨摩浪人有村次左卫门的墓是用小块的天然石砌起来的。

---

①大久保利通（1830—1878）：日本明治时期的著名政治家，与西乡隆盛、木户孝允被合称为"明治维新三杰"。
②浜口雄幸（1870—1931）：日本第27任首相。
③头山满（1855—1944）：日本右翼政治领袖，极端国家主义秘密团体"黑龙会"的创办者。
④西南战争：发生于1877年的一场士族叛乱，是明治初期一连串的叛乱中规模最大的一次。
⑤日清战争：日本称中日甲午战争为"日清战争"。
⑥指第二次世界大战。
⑦井伊扫部头（1815—1860）：本名为井伊直弼，扫部头是他的官职名，是在宫中负责清扫的官员。

墓园是个很有意思的地方。

不管是名人的墓还是无名之辈的墓，当你边走边凝望它们时，就会有种它们在和你对话似的感觉。

比如，看到"卒于万延元年①三月三日"的字样，我就会想这说不定是井伊大老②的家臣之墓，于是就会去仔细看墓碑上的文字，想借此印证自己的想法。

还有这个墓碑："芳野深雪，卒于明治四十五年③四月"，哦，这名女性刚巧是在我呱呱坠地时辞世的。

她是怎样的一位老婆婆呢？我仔细地看她的墓碑，这才发现她去世时原来只有十七岁。

正是因为这些发现，我养成了仔细阅读每一块墓碑的习惯。

于是就有了今年年初的这件事。

---

①万延：日本的年号，万延元年即公元 1860 年。
②井伊大老：即上文的井伊直弼，大老是幕府时代仅次于将军的官职。
③明治：日本年号，明治四十五年即公元 1912 年。

当时，我在电车的"墓地下"车站附近，发现了一块很特别的墓碑，它立在四米见方的一块墓地上，墓碑上刻着"小太刀①之墓"。主人的墓就在墓碑旁边。

我想着，这"小太刀"是什么东西？

①小太刀：字面意思是短刀。

一定是小狗的名字吧？那么，这个就是小狗的坟墓了。

小太刀的墓，不起眼地立在主人夫妇的墓碑前。

如果真是狗狗，那它一定是条非常出众的狗。

如果它是一条日本犬，我想它一定像我的"小不点儿"一样，是条可爱的小型或中型犬。

我对它产生了兴趣，于是更加仔细地研究起墓碑来。

墓碑上刻着："第十九代横纲①，卒于昭和三十一年②四月十六日。"

"第十九代横纲？"我歪着头自言自语道。

既然是横纲，那一定和相扑有什么关系。

假设它是一条狗，那就是——斗犬。

我想，也许是土佐犬吧。

这是一座立在主人墓前的不起眼的土佐犬之墓——如

①横纲：日本相扑力士的最高等级，也是一种荣誉称号。
②昭和：日本年号，昭和三十一年即公元 1956 年。

果事实的确如此，那这一对夫妻肯定是喜欢土佐斗犬的人。

有叫"小太刀号"的横纲土佐犬吗？那是一条什么样的斗犬呢？我不知道，因为我对斗犬的事情并不熟悉。

我想等哪天有空了去问一下参加土佐犬保护协会的朋友常泽，但想着想着又忘记了。

再说了，这里已到了墓园的边界。我并不是经常路过这里的。

偶尔经过时，"小不点儿"会跳到小太刀的坟墓上去。

我第一次发现这座墓的时候，这周围都还挂着霜柱子呢，而现在已到了樱花盛开的季节。

故事就发生在墓园里遍地落英的某一天。

我第一次看见了来祭扫这座墓的人。那是一对穿着和服的夫妇。丈夫看上去三十二三岁，妻子看上去二十五六岁的样子。

在后面的"井伏双六之墓"已经被打扫干净，墓石上供好了八瓣樱花。

小妇人正在往"小太刀之墓"上洒水。

她丈夫在把提桶里的小枝樱花拿出来。

坟墓里的那对夫妇一定是很喜爱樱花的。

我远远地看着他们。

"小不点儿"身上的皮牵引圈已经解下来了，它便趁机

跑到那对夫妻的身边，鼻子一个劲地嗅着，还把头伸到提桶里，想要喝水。

我平时对它宠爱有加，所以它就成了这个样子，对谁都没有戒心。

"不行，'小不点儿'！"我赶紧跑过去，训斥起它来。

此时，小妇人停下手来，用清脆的声音说道："哎哟，多漂亮的一条狗啊！"

"好一条日本犬，看来是口渴了。"那个像是她男人的人说道。

小妇人立即用勺子舀了水，递给"小不点儿"，"小不点儿"摇着尾巴，啧啧有声地喝起来。

"真不好意思。"我在距离他们两米左右的地方说道。

"没关系的。"小妇人对我说。

"是一条好犬。是纪州产的吗？"男人问道。

"四国。是土佐日本犬。"

"哦，这是……"男子说，随即又转向妇人说道："这是土佐日本犬，也就是小太刀的祖先的犬种。"

"是啊，怪不得长得那么端正呢！"妇人回答说。

"实际上……"我开口说。

"？"妇人用疑问的眼神看着我。

"我就住在这附近。我带这小东西散步，常常从这儿经过。然后，在您家的墓地里，看到了这块石碑。我以前就想，这块石碑肯定有什么来历的……"我说。

"是啊，它是我家饲养的家犬。"小妇人说。

"真不好意思，我想碑上肯定写了些什么，就看了一下。上面刻有第几代横纲什么的。它是土佐斗犬吗？"

"是的。是第十九代横纲。"

"就是这座墓的主人井伏双六先生豢养的吗？"

"是的。不过，它也是我们的狗。"

"哦……"

"井伏双六是我爸爸，这座墓……"

"哦，是这样啊……他一定是个很爱狗的人吧？"我一边比较着这两张脸，一边说道。

"说得没错，不过……"

妇人看向男人那里，好像有什么隐情似的，露出了淡淡的微笑。

和他们两个说着话，我越来越觉得这是两个好人。

"好像这里面有什么故事吧，如果不介意的话……"我这么说。

"我可以告诉您……可您为什么想听这个呢？"男人问。

"哦，不好意思……"

我告诉他们我是个作家，随后，我还请求他们，如果可以的话，允许我把故事用进小说里去。

这么一介绍后，才发现这对小夫妻原来是听过我的名字的。

"老师，您经常写犬类什么的动物故事吧？"男人对我说道。然后转向妻子说："今天正好是忌日，我们把那个故事讲给老师听吧。"

"忌日，是你们父亲的吗？"

"不是，是小太刀的。老师别急，我这就把故事的来龙去脉讲给您听。"

做完了最后的清理工作，两人拎着提桶走下来。

"去哪里谈呢？"我问道。

现在是在墓园里面，既没有茶馆也没有茶摊。即使有，你也不会想要进去。天是那么的蓝，万里晴空，又没有风，天气十分暖和，在外面交谈倒也是蛮惬意的事情。

我们走着走着，来到了一座开阔的墓地，墓地里铺着白色的大理石。

在没有石子的地方，蔓延着一片草坪。在每一根尖尖的草叶上，都闪烁着宛若彩虹般的阳光。

"这里好。"

不知是谁说了这么一句。我和那个男人在草坪上坐了下来，只有那个小妇人在大理石上铺了一方手帕。

"不好意思，我介绍晚了，我在浅草经营一家叫'双六寿司'的寿司店。我是第二代井伏双六，她是我的妻子。"男人说。

捡来的敏郎

昭和二十五年^①的秋天。

寿司店行业协会组织了一次去热海旅游的联谊会。

井伏双六参加了那次旅游，然后带回来一个苍白的、像是刚从井里捞出来的小青年。

"我捡来了一个儿子，你要好好照顾他哟！"双六对妻子说。

妻子知道双六这么做一定是有道理的，没有一句怨言地应承下来："好呀！"

"真由美呢？"

"去朋友那里了，应该马上就会回来的。"

"对真由美也这么关照一声。"

双六用下巴指了指缩在房间一隅的青年，然后换上一件和服，往房子的后面走去。

————————
①昭和二十五年：公元 1950 年。

后面有一间围着铁丝网的狗棚，里面有一条栗红色的土佐犬。

土佐犬一看到双六的身影，就"汪汪"地叫开了，还趴在铁丝网上往外张望。

它是想得到主人的爱抚。

双六走开后，妻子对青年说："你再坐过来点儿吧。"

——肯定有什么道理的。既然是我家老头子带回来的，那肯定不是什么普通人——妻子一边想着，一边沏上一杯粗茶。

"小伙子，叫什么名字呀？"她问。

一直低着头的青年回答："泽田敏郎。"

"泽田敏郎……那就叫你小敏啦。多大啦？"

"24岁。"

"嗯。哪里人？"

青年有点儿欲言又止，然后用很轻的声音说："九州。"

"九州？好远啊！九州的哪里？"

"靠近熊本县的阿苏。"

"不过，你说话听不出九州口音嘛。"

"我小时候就来了东京，是在东京长大的。"

"怪不得呢……那你父母呢？"

"没有。"青年说完这句，又低下头去。

"没有啊，那兄弟呢？"

"没有。"

"亲戚什么的呢？"

"也没有。"

"在老家，应该最起码还有一个人认识你吧？"

"也许有，我不知道。"

妻子想，如果他说的是真的，那这孩子真怪可怜的。
她明白双六把这个小伙子捡来的原因了。

在这家双六寿司店里，共有四个年轻人，其中三个都有过不幸的童年。是双六收留了他们，然后，为了照顾他们三个，还把店分成一个个部分，交给他们去打理。

或许因为双六自己就是个没有亲人的孤儿，所以才会去照顾那些不幸的孩子。

大家都说，双六寿司的老头子是个怪人，但没人说他坏话。大概是因为他有一颗真诚的心吧。

"呃，那孩子好像很老实的。不过，是怎么回事啊？"

那天晚上关了店门后，妻子问双六。

今年二十岁的女儿真由美，也在一边打毛衣，一边默默地听着。

"嗯，是在锦浦捡到的。"

双六光溜溜的秃顶上反射着电灯光。

店里的人都去洗澡了。那个叫泽田的青年去了二楼的房间。

"锦浦？那不是因自杀而出名的地方吗？热海的……"
女儿真由美说。

"没错。他当时就挂在那边最陡的一段悬崖上。"

"那么说，是自杀……"妻子皱起了眉头。

"嗯，是的。"

"不会在我们家再次企图自杀吧？"

如果在二楼发生这种事情，那寿司店的声誉也将受到
影响的。

"说什么呀，不会的。他在悬崖的半中腰哀嚎，我扔了
一根带子过去救下了他。他开心地紧紧抓住了带子。他肯
定已经怕死了。"

双六详细讲述了事情的整个经过。

昨晚宴会后，看到月色很好，双六决定去锦浦看看。

双六和两三个朋友优哉游哉地朝旅馆的坡道爬去。就

在那时，大家透过风声听见好像有人在喊"救命"。

"这里有人。"一个朋友说。

"不会吧？"

"是自杀吗？"一个朋友用开玩笑的口吻说。

清澈的月光下，他们看见一个青年悬挂在山崖中间的岩石上。

"喂！你等着，我来救你，千万别松手！"双六喊道。

也有人说该报警。不过，时间来不及了。

双六向陪同一起来的旅馆的女招待要了一根腰带，立刻向小青年抛了过去。

带子向着暗沉的大海，如一条蟒蛇般荡了下去。

青年紧紧抓住了带子。

青年被拉上来后，垂头丧气地缩在路边，一句话也说不出来。

"先把他带回旅馆再说。"

双六就是这样救下了这个小伙子。

"没有亲人，孤苦伶仃，觉得活着没意思，是不是？"

"是的。"

"怎么说呢？我也不知道他有什么事情，但他还这么年轻，总要想办法救他的。"双六这么说。

日子就这么过了几天。

双六心想，他和店里的小伙子们差不多年纪，应该很快就会相互熟悉，交上朋友的。

可是，无论过去多长时间，敏郎就是没法和大伙打成一片。一天到晚都是懵懵懂懂的，只做别人吩咐他做的事，像个小老头似的，整天无精打采的。

毕竟是收留了一个大活人啊！为了保险起见，双六还是向警署汇报了此事。

"哦，他住在老爹您那里，我们就放心了。"

警察们也热心地帮着调查了一下，发现敏郎果然是连一个亲戚都没有。

"发什么呆呢？寿司店里对付的可都是活物哦！"

话说得虽然有点儿粗，但大家都是出于好心。这样朝他吼，也是为了激励他振作起来。可是不管用，小伙子还是整天恍恍惚惚的。

双六对谁都没有提起过锦浦的事。

让他看看书，会不会好点儿呢……女儿真由美把书借给他看，可他根本不看。

"你怎么啦？"不管真由美怎么问，敏郎就是低着头不说话。

可有趣的是，敏郎非常喜欢狗。他常常会在狗棚前坐下来，和土佐犬"退尔"玩上很长时间。那时的敏郎，看上去就像小孩子一般开心。

"你喜欢狗吗？"双六问他。

"是的。"敏郎老实地点点头。

"那好，从今天起，就由你带它出去散步吧。以前一直是我带的，现在就交给你了。"

就这样，双六把这条狗给了敏郎。

"退尔"是条母狗，因此不需要像对待公狗那样小心看着，免得它出去打架。

从那天开始，敏郎早晚都领着"退尔"去散步。

从观音像出发，在隅田公园里兜上一圈，再回去。

"小敏只有在牵着狗的时候才会这么开心。"真由美说。

敏郎默默地微笑，抚摸着"退尔"的头颈。

"哦，我知道了。因为狗不会说话，所以你喜欢。你还是觉得孤单吧？"真由美说。

听真由美这么说，敏郎露出了不知所措的表情。

很快，秋天飞速地离去，冬天紧随而来。

浅草公园内，一片寒风扫落叶的景象。

某个冬日的下午。

双六寿司店休息。

敏郎一个人坐在二楼，发着呆。

小伙子们一早就各自出了门。

"喂，敏郎。"双六在楼下喊道。

敏郎说了声"是",紧跟着赶快下了楼。

双六穿着风衣,女儿真由美穿着大衣。

"那个,我带你去看陪练犬。你不用做什么准备了,现在就跟我们走吧!"双六用命令般的口吻说。

"陪练犬?"

"是的,陪练犬。"真由美说。

三个人乘上了开往堀切的电车。

"你见过土佐的狗仔吗?"双六在电车里问道。

"没有。"敏郎摇摇头。

"很可爱的。那么厉害的土佐犬,小的时候,也和其他的狗仔毫无两样。不对,甚至可以说,比别的小狗更可爱。和人亲得不得了,也不和别的狗打架……"

"可是为什么……"

"为什么要参加斗犬?那是因为土佐犬的体内有一种遗传下来的力量,可说是与生俱来的力量吧。等它们长到一

岁半或两岁，就会突然表现出好战性格。这就是土佐犬。"

双六看敏郎听得很认真，便兴高采烈地说开了。

　　土佐犬是土佐地区过去就有的一种叫作西西萨尼的中型四国犬，是与獒犬、大丹犬之类的大型西洋犬杂交出来的品种。杂交的目的就是为了让它更擅长战斗。人们希望通过杂交，使它战斗起来更顽强、更猛烈。之后，它又与牛头犬、圣伯纳犬、向导犬之类混血杂交，在明治末期到大正初期，终于诞生了土佐斗犬。

"还有，在它们成为斗犬之前，先让相对较弱的狗和它们斗，就会使它们产生一定能赢的自信心，让它们觉得自己很强，从而更加渴望格斗。因此，一开始就要有那种专门陪它训练，输给它的狗，这种狗就是所谓的陪练犬了。"一提到斗犬，双六就会说个没完。

"您了解得真是详细。"

"是啊，我从小就饲养土佐犬了。不过，到现在为止，我还没有碰到过特别优秀的狗。我饲养过很凶猛的狗，但是没有饲养过真正优秀的狗，我可不想饲养那种不痛不痒的货色。所以嘛，现在我只养母狗。但我心里也很期待能养条出色的狗。"双六接着说。

真由美不知道是在听两人之间的谈话，还是在想着别的事情，总之她一言不发，在电车里闭目养神。

陪练犬

陪练犬——就是陪年轻的斗犬练习斗术、充当被咬角色的那种犬。

不过，即便是陪练犬，也和我们人类不同，不一定会乖乖地听任斗犬去咬，大多数时候它也会拼尽全力去搏斗。

第一次参加战斗的犬，就像初登舞台的演员一样，会因为畏惧而手足无措。然后，会不顾一切地乱打一气。那时，如果对手很强大，那么年轻的斗犬就会轻易败下阵来，从此害怕格斗。

因此，一开始的训练很关键。

对手，也就是陪练犬，必须是一条不能赢的犬。但是，并非所有的弱犬，都能充当陪练犬的角色。

陪练犬必须对人类制订的每一条规则都了如指掌。

在斗犬中，有五种表现可以判定为输：

第一是哭，指被咬后发出哀鸣。

第二是逃，被对手追赶着，卷起尾巴逃跑，这当然是输了。但是为了调整姿势而后退，也被包括在此列。也就是说，即便在这种情况下斗犬并不是真输，然而规则就是这么定的。不过，只后退一步不在此列，超过两步（也包括两步）就算是输。

第三是吠叫，在战斗中发出"呜呜"的吠叫，也算输掉。不过，在格斗开始时发出吠叫是允许的，这被称为"互吠"。但是，互吠必须是在规定的时间内。在正式的斗犬场，除了排名前三的出场犬，规定时间都限定为一分钟，排名前三的是三十秒，而横纲以及与横纲交战的犬，是绝对不可以发出吠叫的。互吠的时间就是这么规定的，因为吠叫被认为是胆怯、羸弱的标志。

第四是吼叫，"汪汪"的吼声和"呜呜"的吠叫声一样，都算输。

第五是被咬翻在地，在规定时间内没有爬起来。

这就是斗犬的比赛规则。

陪练犬也必须按照这个规则去培养、训练。

不发声音，善于进攻，能迅速找到对手的致命弱点，身体柔软，动作灵活，而且，必须要强大。

但是，只准战斗，不准赢。

结果就是遍体鳞伤。这一点和奴隶很像。

这种犬，如果不是以前曾获得过横纲或者大关①称号的，一般很难胜任。

结束了斗犬生涯后腿脚不太利索的犬一般就被用作陪练犬。

不过有时候，也有并非此类的犬担任陪练犬的。那是年轻的，有着良好血统且能够胜任这项任务的犬。一般来说，它们都是身体的哪个部分有点缺陷，发育不良而无法长成大型犬，只能停留在中型或小型的犬。

---

①大关：相扑力士中仅次于横纲的等级。

这种年轻的陪练犬如果没有遇见有眼光的斗犬师，不能得到很好的发展，每天就只能过着辛酸的日子了。

这条叫作"小吉"的狗就属此类。它的肩膀高度有六十公分多一点儿，如果想作为斗犬进一步发展，这样的体形显得略微小了一点儿。但是，它格斗起来的劲道可是十分了得的。

小吉在堀切的斗犬主五郎次那里充当陪练犬，将浮肿的身体送给那些年轻的犬去咬。它就过着这种悲惨的日子。

这一天，作为一条一岁半的年轻犬的对手，小吉又被拉到了斗犬场的中央。

此时，双六、真由美和敏郎正好也到了这个斗犬场。

双六和五郎次很熟。两人刚一碰面，双六就问道："听说你弄到了一条很好的陪练犬？"

"是啊，老兄可真有你的，你真是个顺风耳。这是从弘前弄来的一条好犬，而且是'阵太刀'的后代。"

"嚯，'阵太刀'的……是真的吗？"双六问。

"阵太刀"是条获得过第十一代横纲称号的名犬。

"阵太刀"已经退出了斗犬场，人们都说像它这么厉害的斗犬，今后恐怕很难再看到了。

双六当然知道"阵太刀"。此刻，他的脑海中仿佛就浮现出它在斗犬场上奋力拼搏的身影。

"阵太刀"的肩膀高度足有七十公分。这么威风凛凛的名犬的后代，怎么会成了陪练犬？真是令人难以置信。

"是真的。就是这家伙。老兄，你看是不是和'阵太刀'很像？"五郎次说。

栗毛，黑嘴，就连额头上一条条的纹路都和"阵太刀"一模一样。

"真的哎，这么说还真是的……不过，这条有点儿小啊！"

"不，它可以在中型犬里发挥很好的作用。这个小家伙

刚出生的时候生了一场大病，之后就没有很好地发育。所以主人就嫌弃它了……老兄，你知道吗？这家伙的兄弟，就是那个有名的'村正'哦！"

"嗯，我知道'阵太刀'有个后代叫'村正'，这么说，这家伙是'村正'的兄弟喽？不过，据说'村正'的斗术和'阵太刀'的有点儿像又有点儿不像，我还没有见过'村正'在台上战斗的样子呢……"

"是。反正像它那么厉害的犬，是不太常见的。叫什么'村正①'，亏他们想出这么个名字来。总之，只要这家伙一登上斗犬台，就会变得吓死人的。"

"是吧？弘前的犬都是这样的。"

"是啊。它的主人就是那个伊藤甚兵卫，黑社会的老大。他号称要推出'村正'，今后在斗犬世界里独霸天下。它现在虽然还是小结②，可是老兄你知道，总有一天它会称王称霸的。不对，说它了不起什么的还不够，应该说像它这么勇猛的，基本上就是绝无仅有啊！'阵太刀'怎么会生出这么个后代来的……"

"哼。不过话说回来，你不是说这条陪练犬是'村正'的兄弟吗？那这家伙身上有没有斗志呢？"双六看着围栏

①村正：著名的日本刀制作工匠，其制作的日本刀也命名为村正。
②小结：相扑力士的等级之一，排在横纲、大关、关胁之后。

里的那条陪练犬。

"它们俩不是同一个妈所生。'村正'的勇猛应该是继承了它妈，而这家伙则像它爹，具有超强的忍耐力，不管被咬成什么样子，它都一声不吭，它的性格简直可说是过于柔顺。要是它的体格也像'村正'那么壮的话，肯定能派上大用场的，毕竟是'阵太刀'的后代嘛……闲话不多说了，你就看它战斗的样子吧。"五郎次像是颇有自信地嘿嘿笑着。

"看上去年纪很轻嘛，它几岁了？"

"你是说小吉吗？哦，这家伙刚刚才满两岁。"

"'村正'要比它再大点儿吧？"

"那家伙比它大一岁，到现在为止，还一场都没有输过呢！"五郎次刚说完这句，就转身去招呼另外四个缠着头巾的顾客了。

"老板，可以的话就把您的狗牵过来好了。我进去按住这家伙的脖颈，老板您呢，就把您家的狗从入口放进去试试。这还是第一次，所以最好不要让它们斗的时间太长，一分钟就够了，顶多两分钟。老板的狗扑住它，使劲开咬的时候，就请把它们分开。如果不停的话，这家伙还年轻，只不过习惯了被咬而已，可并不一定代表它会输哦！"五郎次对这几个人说。

"我知道的，又不是头一回看见陪练犬。"顾客中一个穿着夹克，好像是狗主人的人，对五郎次这么说。

一个缠着头巾的人，从停在后面的三轮车上牵下来一条狗。它很年轻，估计还没有参加过格斗，正一个劲地在地上刨着，显得很紧张。

"哼哼……"双六看到它这个样子，从鼻子里发出了笑声。他显然是觉得，这不是什么了不起的货色。

五郎次走进了和正式的斗犬台做成一样的直径十五尺（约合五米）的围栏内，抓住了小吉颈项处的皮毛，接着，

像是跨骑在它背上似的，用两只膝盖夹住了它的腰。

"老板，让您的狗尽管过来吧。"五郎次发出了开始的信号。

年轻的狗发出了"呜呜呜……"的吠叫。

"往前冲呀，'天龙'！"

男子狠狠地在那条狗的屁股上敲了一记。

于是年轻的狗"嗷嗷"叫着，朝小吉冲过去。

它只知道往前冲，却根本不知道对手的致命弱点究竟在哪里。

小吉非常沉稳地做好了招架的准备。

如果小吉不是一条陪练犬，那它一定可以在刹那间就把那条狗咬翻在地，因为像"天龙"这样的进攻姿势，简直是漏洞百出。

五郎次紧紧拉住小吉脖颈后面的皮毛，几乎要把它的前腿从垫子上拉起来了。

小吉失去了行动的自由。

"呜、呜、呜、呜、呜……""天龙"嗷嗷叫着,对小吉的喉咙、胸口、脸颊展开了进攻。

就算把它们分开,它还会一再咬上去。

"对啦,'天龙',咬住了就不要松口!"

"对啊,干掉它!"

"狠狠地咬啊!"

这几个没品位的男人在栅栏外大喊大叫。

被五郎次按住无法动弹的小吉在拼命挣扎,想要争取自由。

"喂,小吉!你老实点儿,让它咬。好了,'天龙',你咬吧,慢慢地咬。"五郎次一边对年轻的狗说着,一边更紧地按住了小吉的身体。

"太过分了!"敏郎不由得轻声说道,一边还扭头看了一眼双六。

双六依然双手抱胸，目不转睛地看着小吉。双六的样子简直就像一尊石像般沉稳。

敏郎回过头去，看了一眼真由美。

真由美也在冷静且专注地看着小吉。

"你看呀，小姐，那样实在太过分了。"敏郎对真由美说。

"嘘——别说话！"真由美像是责备般地说。

这个女人真狠心，这一对父女多像呀，敏郎这样想着。他甚至觉得这个看上去天真无邪的少女，简直就是魔鬼的化身。

"哎呀，这样多没劲啊！你放开它一下，让它们打打看嘛！""天龙"的主人提议说。

"老板，这样不行的。虽说它是条陪练犬，可这家伙也不傻呀！"五郎次回答。

"你是在为它担心吧？不让它们真打，还有什么劲啊？"男子吼道。

"好吧，那我就放啦。不过，我说分开，就要马上把它们分开哦！我先把陪练犬从围栏里放出来，要让'天龙'觉得这家伙是从围栏里逃出来的。"五郎次飞快地退了下去。

小吉还是像刚才一样，处在被"天龙"咬住的情势中。

小吉扭着头颈抬起头来，发出了如笛声般"咻咻"的痛苦呻吟。

不过，小吉非常沉着，在等待对手露出破绽。

"天龙"的下巴，稍微有点儿放松下来。

小吉是不会放过这个漏洞的。

小吉奋力甩脱了"天龙"的牙口，反过来咬住它的肩膀，将它顶到了围栏边上。不愧是名犬"阵太刀"的后代，不管它做了多长时间的陪练犬，你还是不能小觑它的气力。

"加油！"敏郎不由得喊起来。

真由美哧哧地笑了起来。

敏郎回过头去。有什么好笑的吗？

"没有人支持陪练犬的。"真由美超然地说。

"嗷——呜！"听见了悲惨的哀鸣声。

"天龙"卷起了尾巴。

"这样子不行的，快分开！""天龙"的主人着急忙慌地对着另三个男人吼道。

"好了，快点儿分开啦。"五郎次抱住了仍咬着不放的小吉的身体。

男人们急忙跑到围栏里，抱住了"天龙"。

"汪！汪！"不管"天龙"怎么叫，小吉就是咬住不放。

"快用香烟朝它们喷！"五郎次喊道。

两条狗终于分开了。

"天龙"连舌根都发紫了，发出"吭哧吭哧"的喘息声。

"这个该死的蠢货！它这样能做陪练犬吗？！""天龙"的主人忘了是自己提议这么做的，责难起五郎次来。

"所以呀，老板，我不是早说了，还是别放开的好……"

五郎次赶忙回应道。

"陪练犬,本该是那种弱犬,而你的这只,根本就不是!我的狗受了惊吓,你准备怎么赔偿呢?"

"好吧,你既然这么说,那就让它们再来一场好了。"

五郎次拿来了一根细绳子,做成一个圈,紧紧地缠在小吉的嘴上,这样小吉就张不开嘴了。

小吉疼得低着头在垫子上挣扎。

"别动,别动,你给我安静点儿呀!"五郎次吼道。

"你这样是硬来,先生,拜托你停手好吗?"敏郎忍不住说出了口。

"你别说话,看着就好了,你看一看陪练犬的忍耐力到底有多强。"双六回头对敏郎说。

"天龙"被牵了过来。

"天龙"已经产生了恐惧,在那里畏缩着不肯上前。

"老板,你的狗害怕了。好吧,我先摆平它,然后你放

'天龙'过来咬。"五郎次说着，双手抓住了小吉的两条后腿，

使劲拧住了。

　　小吉的两条前腿拼命扑腾，想要保持平衡。

　　"快住手，不能这么干！"敏郎吼道。

　　但是，五郎次不听他的。

"你这个畜生！"五郎次把小吉的两条腿拎了起来，使出浑身力气把它们拧在了一起。

小吉的身体重重地摔倒在垫子上。

"上吧！"

三个男子把"天龙"推了上去。

"天龙"的感觉好起来，就好像是自己把小吉放倒了似的，张开大口朝小吉的左耳咬了下去。

小吉无力还击。

"天龙"得意忘形了，欢叫着，咬着。

它是在报刚才的仇。

敏郎实在看不下去了。他生来头一回看见这么残酷的场面。他大概是觉得自己根本不该来这里。

敏郎闭上了眼睛，还用双手捂住了耳朵。

啪！此时，敏郎的肩膀上被谁拍了一下。

"敏郎，你好好地看着！"是双六的声音。"我不是让你看这种残酷的场面的。在狂咬的那只狗根本就不用看，我要你好好看看被咬的那只。被咬成那样，被欺负成那样，可是你看它，没有一声哼哼叽叽，只是默默地忍受。你看它多顽强，腿被按住，嘴被缠住，根本没法还手，只能任人宰割。你再看它的眼睛，只要这双眼睛一找到什么破绽，它就会立刻冲上去。人也和狗一样，没有这种毅力是不行的。"双六说。

这残忍的一幕终于结束了，双六走到斗犬台的围栏边上。"果然是一条出色的狗。"他大声说道。

"是好狗吧？""天龙"的主人得意扬扬地抖着鼻子说。

"我说的不是你家的狗，我说的是这条陪练犬。你家的那种狗，随便到哪里都是要多少有多少的，像它这样的陪练犬却是不可多得的。"

"天龙"的主人露出了鄙夷的神色。双六不去睬他，转向五郎次说："嗯，看来真的是'阵太刀'的后代。"

"呵呵，你终于明白了吧。忍耐力这么强的狗，实在是很少见的。真是一条好陪练犬。对了，顺便问一句，老兄你最近不养狗了吗？"五郎次心情舒畅地问。

"也不能这么说，只是找不到我想养的那种而已。"

"有道理。说到你井伏双六，谁不知道你是个曾经在斗犬界赫赫有名的人物呢！你是不会去养那种名不见经传的东西的。不过，老兄，好狗也不是没有啊！刚才那条'天龙'

也是从我这里出去的，比它更好的狗也还有啊！"

"哼。"

"要不要让小吉陪着斗一场看看，老兄你要买的话……"

"不用，谢了。我要买的话，就买它。"双六看着倒在血泊里舔着伤口的小吉。

"您开玩笑……"

"不，我是认真的。我现在非常想养它。怎么样，五郎次？我们谈谈，你肯把它让给我吗？"双六一本正经地说。

"老兄，我老实告诉你，我是刚刚才弄到它的，还没靠它赚上钱呢！"

"我说了我要买，你就别啰里啰唆啦。我没说要以你买进来的两倍、三倍的价钱买它，这种小气巴拉的话我是不会说的。我出十倍的价钱，怎么样？"

"啊，您说十倍？"五郎次的眼睛睁得圆鼓鼓的，"老兄，你当真……"

"我不骗你。不过，这条狗是你的。如果你不同意的话，那也只好算了，就算我没看见它了。我不喜欢和人讨价还价的。"

"等……等一等。我改变主意了。它是你的了。不过，你打算拿这么条狗……干什么呢？"

"你以后会明白的。"双六把钱交到五郎次的手里。

"如果它一直待在你这里，那就太可怜了，就会一辈子都做陪练犬了，哈哈！"双六笑着说。

斗犬在参加过一次比赛后，有两个月的休养时间。可是，对陪练犬来说，这种事情是可望而不可即的。趁派得上用场的时候就拼命地用，这是狗店的普遍做法。

小吉被用得最狠的时候，平均三天就要做一次陪练犬。等它来到双六家的时候，已经彻底没法动弹了。

小吉还是一条只有两岁的年轻犬，可身上已遍布伤疤。

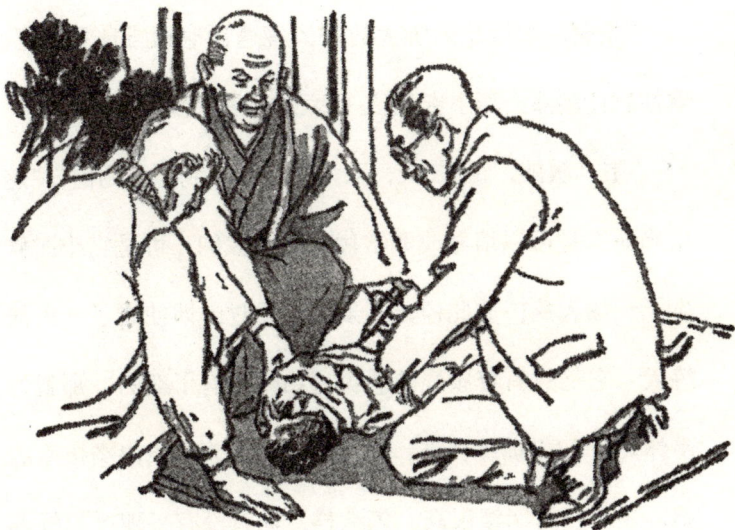

而且，伤口都已化脓。

"马上叫敏郎去请一位兽医来。"双六急忙给小吉请了

兽医。

兽医来了。切开伤口，清洗好，注射盘尼西林。

小吉足足昏睡了三天。敏郎一直在照顾它。

"呃，孩子她爹，敏郎非常乐意照顾小吉呢！"妻子说。

"是啊，大概是陪练犬的悲惨境遇让他感同身受了吧。索性就让敏郎去养小吉吧。"双六这么考虑。

"喂，敏郎，"第二天，双六把敏郎叫到了狗棚前，"这条狗原本是可以培养成非常优秀的斗犬的，可是它小时候生了一场大病，从此停止了发育。不过，即使成了一条陪练犬，它仍然有着顽强的毅力。如果没有了毅力，那就万事休矣。如果训练得法，这条狗定能成为一条出类拔萃的狗，我对它的期望很高。怎么样，你有没有兴趣挑起饲养它的担子来？"

"啊？"

"你怎么啦？有什么想不通的？"

"师傅，我对土佐犬的饲养方法一无所知啊！"

"我没问你是否懂饲养的方法，我只是问你想不想干。"

"想干！"敏郎说。

双六笑着把女儿真由美叫了过来。

"真由美，你教教敏郎怎样遛狗。"

"好呀。"真由美微微点了点头，然后对敏郎说，"你跟我来就好了。"

双六父女俩给小吉起了一个名号，叫作"小太刀号"。经过一段时间的休养，小吉的伤口终于痊愈了，又有了精神。

那天，真由美穿着一条细长的西裤，把它牵了出来。

"小姐，这样的狗，女人遛起来有点儿难度吧？"敏郎担心地说。

"那好，你遛遛看。"真由美说着，就把绳子交到了敏郎的手里。可是，小吉完全不听敏郎的指挥。

他还以为遛狗很容易呢，可是小吉会任性地停下来，或是随意地改变方向。

"我们不去那边，是这里哦。"真由美走在前面，哈哈大笑着。

"小姐，我知道要走哪里，可是小吉这家伙一点儿都不

听话。唉，要是雌狗就不会有这种事了。"敏郎满头大汗地埋怨道。

"呵呵，让我试试看吧。"真由美刚拿起绳子，小吉就不可思议地安静下来，变得很听话了。

"这条狗很敏感的，你还不知道怎么弄它。"真由美说。

敏郎实在想不通。

"小姐，你以前经常养土佐犬吗？"

"从十六岁起就养了……不过，这也不是一个习惯的问题。最关键的是，被遛的狗和遛狗的人，要通过一根牵引绳的联系，做到同心协力。换句话说，就是要心心相印。如果做不到这点，是没办法遛真正的土佐犬的。"真由美一本正经地说。

初次登台的小吉

土佐斗犬在小时候，要比别的幼犬更天真、更单纯，而且非常温顺。

从生下来到半岁左右，它们都是被放养的，可以自由自在地玩耍，从而得以茁壮成长。

可是，过了那段时期，就要接受严格的训练。

首先，系上链子或牵引绳，早晚各运动两次，培养出战斗的雄心。等它们的胸肌发达起来，就反过来拉着人跑，肩膀、双腿、腰部的力量都会不断增强。

随着身体的发育成熟，土佐犬与生俱来的斗志也会熊熊燃烧起来。它们上街，只要是闻到了别的狗的味道，就会拼命地朝地上嗅，同时发出吠叫声。见到别的狗，就会用凌厉的眼神瞪着人家，一边还舔着嘴唇。

这种状态通常出现在一岁半到两岁左右。

小吉的这种状态来得比较晚，因为在它还没有培养出来斗志的时候，就已经做了陪练犬。

因为别的狗要咬我，所以我必须防卫……小吉是通过这种方式学会了战斗的。

不能发出哀鸣，不能露出胆怯。这些品质大概来自它的那位名犬爸爸吧。

在双六家恢复了体力后，小吉露出了斗犬的本色。

"爸爸，最近小吉看到别的狗，会去追着人家跑呢！"真由美立刻把这个现象告诉了双六。

"不管是什么样的狗吗？"

"不是，它专门追那些大型犬……"

"是吗？看来，它真的是一条斗犬。要不，让它和陪练犬练一场试试？"双六说。

原来做陪练犬的小吉，现在反过来需要用陪练犬来训练了。这话虽然奇怪，但在斗犬的世界里也属正常。

"爸爸，小吉本来就是陪练犬，还需要用陪练犬来训练吗？"真由美不可思议地问道。

"需要的。不过，只要一次，一次应该就够了。这家伙够聪明，我想它一定早就记住了对手的种种进攻方式。给它一条优秀的陪练犬练一练，如果它确实能表现出非凡的战斗力，那接下来就能让它到真正的斗犬场上去一试身手啦。"双六说得铿锵有力。

隔了一段时间，小吉被安排好和陪练犬练了一场。结果不出所料，小吉上演了一场堪称完美的比赛。

没有虚张声势的吠叫，一场辉煌的战斗。

和相扑力士一样，斗犬也有各自的拿手好戏，这不是靠人教出来的，而是在实战过程中逐步掌握的。

喜欢使怪招的狗，有时甚至也能打败横纲，但很少有能成为优秀的横纲的。如果不是堂堂正正从正面进攻，就不能成为一条真正优秀的斗犬。

小吉的斗技非常出色。

"太好了。如果不是这样，就称不上是真正的好犬。"

双六在回家的路上，对真由美和敏郎说。

"土佐犬就像镜子一样，能立刻反映出主人或训练师的思想。真是不可思议。如果你想把它培养成一条优秀的狗，那你自己首先就要有一颗洁净的心。如果你老是暗夜行路，自己整天都提心吊胆的，那怎么可能培养出优秀的狗来？"

"嗯……"

"在训练的时候，千万不能有野心，想要获得锦旗，想要在排名赛上获得好名次，这些欲望都会影响你的内心。其实谁都有这样的想法，但当你心里总想着这些时，就会不知不觉地用力过度。因为用力过猛而毁了一条好狗的人不知道有多少呢！"双六越说越激动了。

店里空闲的时候，双六会亲自带着小吉出去溜达。

"哎哟，双六寿司的那个老头子啊，又笑嘻嘻地出去遛狗啦。"一个认识双六的人，笑呵呵地说着他的闲话。

"老板，你不会用抱过狗的手捏饭团给我们吃吧？"一个客人取笑说。

"你要是担心的话，就去别家吃好啦。"双六听到这种话会真的生气。

双六寿司的老头子是个怪人——双六之所以会有这样的名声，可能也是源于这些小地方吧。

"敏郎这个贼胚，就会拍老头子的马屁，整天只知道跟他的狗玩。"

"就是，连一片像样的寿司都还捏不出来……"

"人家会混呀，还有大小姐罩着呢……"

店里的年轻人纷纷取笑敏郎，但敏郎只是默默地微笑。

敏郎目不转睛地看着小吉，他是想从小吉的身上学会如何做人吧。

晚上，敏郎钻进被窝里，反复地思考着双六说过的话。

对斗犬来说，战斗就是它的生命。

胜负只在一瞬间。

为了这个，每天都必须锻炼。

你想要让它在战斗时力气再大一点儿，那就把绳子拉紧一点儿牵着它跑。

如果觉得绷得太紧了，那就把绳子放松一点儿。

他细细回味着双六说过的这些话。

此时的敏郎，似乎一点点地理解了生活的乐趣。

——我死好了。

——如果你们觉得我这么碍手碍脚，那我去死好了。

受不了母亲和妹妹的嘲笑，敏郎跳下了悬崖。

在他的脚下，在很远的地方，大海在黑暗中翻卷着浪花。

那时，敏郎之所以会喊救命，就是因为本能的求生欲望啊！

自从小吉来了以后，敏郎就开始思考自己以前为什么把生命看得那么一钱不值。

全关东的斗犬大会，在宇都宫体育馆举行。

这是小吉的初次登台。

双六临时关店，全家出动去了宇都宫。

双六对犬的训练方式，可谓既温柔又严格。而真由美呢，则是那种既温柔又优雅的方式。

小吉的表现非常出色。

"小太刀号"小吉只用了三分半钟，就战胜了体形比它大得多的"八荒号"浦和。

"哇——哦！"一片赞美声在四面八方沸腾起来。

敏郎忍不住热泪盈眶了。

小吉在真由美细长手臂的牵引下，老老实实退下场去。

全场响起一片掌声，那是送给这条狗和它的主人的。

　　敏郎看着脸上微微泛红的真由美，觉得此刻的她真是美到了极致。

　　昭和二十六年就这么过去了，接下来是昭和二十七年。

　　小吉在这两年里，成了大关，它还没有输过任何一场比赛。

这条六十公分左右的中型犬，比赛起来勇猛无比，成了一条全国有名的名犬。

中型犬一般不会和大型犬排在同一组。不过，在中型犬里它已经找不到对手了，加上它经常战胜大型犬，所以获得了特别许可，跟大型犬编在同一组里捉对厮杀。

昭和二十八年，小吉五岁了。

那年敏郎二十七岁，真由美二十三岁，双六五十六岁。

那年年初，第十八代横纲犬"金刚号"生病去世了，第十七代横纲"山城号"则上了年纪，已经隐退，因此就没有了横纲。

土佐犬保护协会为了选出新一代横纲，准备在一次也没有输过的那些大关犬里面选拔，就是让大关犬进行比赛，然后选出第十九代横纲犬。

大家首先想到的候补是"村正号"伊藤甚兵卫。

据说，凡是和"村正"斗过的犬，不是被它咬死，就是被它弄残，除此之外，没有第三种结局。"村正"就是一个这么厉害的角色。

听到对手是"村正"，大多数斗犬的主人都会打退堂鼓。事实上，能够和"村正"交锋的斗犬，真的好像一条也没有。

因此，也有人说，连比都不用比，直接封"村正"为第十九代横纲就得了。

此时，井伏双六提出了异议。

"不管怎么说，对手是'村正'啊！我知道'小太刀'很强，也知道井伏先生您是斗犬界的老法师。不过，'村正'的身高七十公分，体重也很重，而'小太刀'只是条中型犬，太小了，不行的。您再好好想想吧！就是现在退出，也绝不是什么耻辱啊！"保护协会的干事劝说双六道。

可是，双六还是斩钉截铁地说："要比的。请你安排一下吧。"

"孩子她爹，这样不行的，小吉会被杀死的！"妻子和真由美异口同声说。

双六是打心底里信任小吉。

双六把敏郎叫过去："这次的比赛，就由你来当小吉的教练。"双六吩咐敏郎说。

"师傅，如果是别的场合我一定义不容辞，可这次是和'村正'比啊……"

"你觉得不行吗？你要相信小吉，小吉是一条值得信任的狗。对胜负起决定因素的，不仅仅是体力啊！尤其是这次比赛，在小吉的一生中，这样的机会也许不会再有第二次。要有信心！试试看。要睁大眼睛仔细地看，看小吉会用怎样的战术来对付'村正'。"

"是……"

"我只告诉你一句，这次的胜负，是由上手的战术决定的，对手'村正'是条喜欢一上手压低身体，然后再展开进攻的狗。你好好想一想！"说完这句，双六就一言不发了。

敏郎在大赛之前，一直在废寝忘食地琢磨上手的策略，想得整个人都瘦了下去。

崩折的牙

"村正"与"小太刀"都用尽全力向对方身上撞过去。

砰——释放出白色的火星。

火星在空中画出两条弧线，飞到了栅栏外，在计时员的桌子上发出噼里啪啦的声响。

"牙齿飞出来啦！"

"什么？牙齿断掉啦？！"

"哪一方的牙齿？"

"不知道，好像是双方都掉了。"

"双方？"

"嗯，飞出来两颗。"

工作人员们议论纷纷。

计时员趴到桌子底下从地上捡起两颗犬牙，两颗都是从根部断掉的。

"辣手！"

"这架势看来是要杀个你死我活呀！"

工作人员们不寒而栗地嘀嘀咕咕。

可是，现在就是想停也停不下来呀，因为比赛已经开始了。

斗犬场上一下子变得鸦雀无声。

"小太刀"用一侧的牙对准"村正"的耳朵咬了下去，"村正"则趁机咬住"小太刀"的咽喉，双方都用尽浑身力气死死咬住对方。

按照相扑的说法，现在这个时刻就是双方在相扑台的中央，揪住彼此的兜裆布，处在胶着状态的时刻。

三分钟过去了。

"村正"在下方袭击"小太刀"的身体，把下巴往它的肩膀上挪，一点点地改变姿势。

"小太刀"咬住"村正"的耳朵，撑开双腿保持稳定的姿势。

"跟平时的打法有点儿不一样嘛，'村正'……"一个工作人员说。

"村正"确实改变了战术。也许是因为"小太刀"体形实在太小，它觉得奇怪了。在一上手的时候，"村正"身上暴露出的漏洞没有逃过"小太刀"的眼睛。

"小太刀"先下手为强。

"村正"从下方往上推，两次，三次。

而此时，"小太刀"将三十四公斤的体重全部集中到下巴上，顶住"村正"。"村正"似乎意识到了自己正处在一个不利的位置上，于是，它用一侧的牙咬住"小太刀"的喉咙不放，身体像是吊在"小太刀"的身上似的，滴溜溜地翻滚在地。

"小太刀"不慌不忙，它压低重心，抽回前足，肩膀顶了上去。

此时的这两条狗，从某个角度来看，会被误以为是躺在一起休息。

"村正"似乎感觉到了这次与以往不同。一开始轻视了"小太刀",真是失策啊!而现在,自己设计好的战术,对方就是不上当。

"村正"发飙了。

它一下子站了起来,用尽力气朝小身量的"小太刀"踢去。

鲜血突然淌到了垫子上,"村正"的耳朵被撕裂了。

两条犬被分开,然后又撞到了一起。

此时,"村正"已经不敢掉以轻心。"村正"紧紧咬住"小太刀"的喉咙,自己"哧溜"一声滚倒在地上,"小太刀"被它的劲道带翻在地。

耳朵和喉咙。

鲜血和汗水。

犬牙对犬牙。

呼吸对呼吸。

一场激烈的鏖战。

时间过去了整整十三分钟。

两条斗犬再次分开，然后又同时跳了起来。

此时的"小太刀"是背对着栅栏。"村正"看到了这点，

随即像是在垫子上爬过去似的展开了进攻。

敏郎在斗犬台下脸色发青了。

如果"小太刀"甩不开"村正"的这次进攻，那么"村正"就赢了。

"小太刀"会如何应对呢？

只见"小太刀"的后腿站立起来，采取了一个完全防守的姿势。

怎么办呀——"小太刀"似乎连要咬住对方这一点都忘了。

它用前腿夹住"村正"的头颈，把身体的重心往前移，顶住"村正"。

呼哧……呼哧……呼哧……

"村正"的鼻尖一点一点地靠近"小太刀"的大腿。"小太刀"的后腿被"村正"顶着，一点点地往栅栏边上退。

"小吉，你已经没有退路啦！"敏郎发自内心地高喊。

"小吉！"一个年轻女子清脆的喊声，回响在鸦雀无声的斗犬场内。

就在这个瞬间，"小太刀"的身体如脱兔一般一跃而起。

"哦——"

不论是支持"村正"还是支持"小太刀"的观众，都一同发出了惊呼。

只见"小太刀"奋力一跃，漂亮地从"村正"的背上跳了过去。

时间过去了十七分钟。

双方的体力都已消耗大半，它们喘着粗气，瞪着彼此。

二十分钟。

战斗又重新开始。

不过，体能的差异终于显露了出来。

"小太刀"拼尽了全力，终于在二十七分钟时倒在了垫子上。

"村正"也不愧是名犬，并没有乘人之危继续进攻。它站在倒下的"小太刀"身旁，警惕地看着对方，嘴里发出

"哈——哈——"的喘息。

"小太刀"一旦站起来，它就会冲上去。

敏郎目不转睛地注视着"小太刀"。

"小太刀""吭哧吭哧"喘着粗气，满心都是"真他妈的"的怒火。

可是，它实在太累了，过去了两三分钟，还是没能站起来。

再这么躺下去，超过五分钟它就输了。

不过，如果一不留神在此时喊出"喂，小吉"，就可能导致狗发出吠叫。

敏郎犹豫着。

——到底要叫一声为它加油呢，还是不叫呢？

三分钟过去了。

小吉还是躺在地上，一动不动。

四分钟。

小吉还是不动。

四分十秒……四分二十秒……四分三十秒……

……还有三十秒。小吉，拜托站起来吧！

敏郎暗自祈祷。

五十五秒。

已经到了山穷水尽的地步。

"小吉！"此时无声胜有声，"小太刀"的目光和敏郎的交织在了一起。"小太刀"的眼睛里仿佛倏地掠过一道闪电。紧接着，"小太刀"如同装了发条的脱兔般猛地蹦起来，冲着"村正"的耳朵咬了下去。

赢啦！

在自己稍一放松的时刻遭到了突袭，连"村正"自己都觉得意外。

即便是伟岸的身躯，也还是敌不过强健的意志力。

"村正"被追着逃走了。

"哇——噢！"场内一片喧腾。

敏郎顾不上擦拭不断涌出来的热泪，一把搂住了小吉的脖颈子。

双方都崩掉了几颗牙。

输给了"小太刀"的"村正"从此再也没有登上斗犬台，也许是因为失去了必胜的自信。

"村正"这个名字之后也被人们渐渐淡忘了。

接着，小吉堂而皇之地登上了第十九代全国横纲的宝座，继续走在完胜的道路上。

"三颗牙的'小太刀'"如今成了小吉的绰号。

"在战斗中最关键的是意志力。哪怕是掉了一两颗牙齿，如果能充满自信地战斗，那也能像小吉一样获得横纲的最高荣誉。"有时候，双六晚上喝了点儿老酒，会对年轻人这么说。

敏郎觉得，双六的这句话是说给他听的。

看着小吉矫健的身姿，敏郎自身也会涌起自信。"它不是一条狗，它是我的老师。"敏郎会对朋友们这么说。

有一天，"村正"被警察打死了的消息在各家报纸上登出来。

根据报上的消息，输给"小太刀"、丢了几颗牙齿后的"村正"，一直在各家黑帮中被卖来卖去。

最后一家黑帮，用"村正"来为赌场望风。

在他们赌得正起劲的时候，警察冲了进去，"村正"迎上去，结果被警察击毙了。

"狗是不知道是非好坏的。'村正'就是被这样训练出来，全心全意地为主人尽忠。这也是它的命啊。"双六觉得"村正"很可怜。

就在那天黄昏，敏郎牵着小吉去了隅田公园。

敏郎坐在公园的长凳上，远眺着暮色中的隅田川。

敏郎一边抚摸着小吉的大脑袋，一边像是在对人说话似的对它说道："小吉，你也很了不起，不过关键是师傅把你收留了下来。我也是师傅收留下来的。现在想想，自己当时怎么会想到要自杀呢？简直觉得不可思议。从今往后，我也会好好表现的。"

"呵呵呵……"后面传来一阵笑声。

"怎么搞的？小姐，你真坏啊！"

"我好奇你在和小吉嘀咕些什么，就偷听了一下。不过，

把你们收留下来真的是一件大好事啊！"真由美说着，也在长凳上坐下来。

小吉将下巴搁在真由美的膝头，摇晃着尾巴。

"爸爸一定会很高兴的，爸爸一直都很关心小敏的。"

"师傅他……"

"是啊，告诉你吧，爸爸他从小也是在一个由继母和养父组成的冷冰冰的家庭长大的，后来就走上了歧路，有一段时间还参加了黑社会。不过，后来他改变了想法，他发誓要做一个对社会有益的人，所以他才会去做这样的善事。"

"是这样啊！老实说，我有母亲和妹妹。以前一直没有跟你们说……我妈虽说是亲生的，可在我出走后她根本没去找过我，她对我就是这么冷淡。她一定是觉得我这个累赘终于自己消失了。他们当初出于某种原因，从小就把我寄养在别人家。我是直到二十岁才知道我有亲生爹娘的。不过，我想这对养育我长大的父母不好，所以一直忍着没去找他们。我的养父母是一对贫穷的小老百姓，而且，他们还有好几个孩子。后来，我的养父母相继去世了。紧接着，他们的两个儿子为了几亩薄田闹得不可开交，他们让我滚蛋，因为我是寄养的。我打听到我的亲生父母在横滨，于是就离开了那个家。我过上了半工半读的生活，因为我想，要是见到父母时，他们知道了我连学都没上过，那该多丢人呀！然后，我终于在横须贺找到了我的父母。我才知道，原来我还有一个妹妹，但我和他们已经完全成了陌路人。我的亲生母亲并不希望我到她家里去。因此，我就彻底过上了孤家寡人的生活。"

"所以你想到了自杀。不过，对你的身世，我爸爸是不是稍微有点儿了解呢？当我们都说小敏连一个亲戚都没有时，爸爸还说，看上去不仅仅那么简单。"

"师傅他……"

"是啊……"

他们俩坐在长凳上，慢悠悠地说着话。时间在静静流逝。

微风轻轻地吹上了脸颊。

樱花的花瓣在我的四周纷纷飘落。

"明白了。你们告诉了我一个动人的故事……呃，您父亲是什么时候去世的？"

"去年。六十一岁，死于脑溢血。大概是因为他人缘好，葬礼办得很隆重。"敏郎——不对，应该说是第二代双六——如此说道。

"是这样啊。那么，'小太刀'一定是比他老人家先去世的吧……"

"是的。它是在隐退后的第二年，感染了丝虫病死的。这是一种寄生虫侵入心脏的毛病。"

"父亲说，这条狗是用了浑身的力气帮助你恢复了自信的恩人，所以应该把它埋在祖坟里。小吉的墓，一开始是在多摩的动物陵园。到了第二年，父亲去世后，就重新移到了青山墓园。"

"那您母亲呢……"

"母亲还很健康。只是在墓碑上刻了个名字而已。"敏郎的夫人真由美说。

如此说来，刻在上面的那个名字果然是用红笔涂的。

刚才还在周围跑来跑去的"小不点儿"大概是觉得无聊了，就伸长了腿在春天里松软的土地上伏卧下来。

我们站起来后，它这才笃悠悠地起来，打了个大大的哈欠，"汪汪"叫了两声。

"您哪天路过浅草，请一定来寒舍小坐……"这对夫妇对我说。

"那个……"我开口说。

"什么？"

"你们现在还养狗吗？"

"不养了，自从小吉去世后就……"

"是这样啊。等到这条狗产了仔，要不要送你们一条？"我问道。

他们俩这么爽快就把这个故事告诉了我，我想要送他们点儿什么来略表心意。

"多谢您了。"双六夫妇低下了头，然后又互相望了一眼。

"不过，我们决定不再养狗了。为了让对我们的今天做出巨大贡献的小吉永远留在我们心中，我们早就这么商量好了。如果真的遇到了好狗，还是想养的，不过……"

在落英缤纷的墓园里，小夫妻俩再次低下了头。

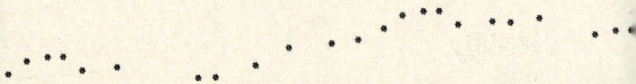

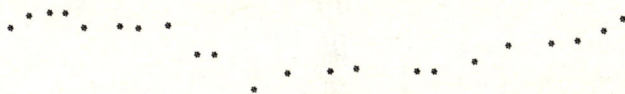

东京麻雀

讲东京话的麻雀

在正月的初一或者初二，我会去 N 老人家拜访。

我这么做，已经是多年来的习惯了。

老人的家，在过了多摩川后很偏僻的地方，平时即使想去，走一趟也不是那么容易的。

所以呢，至少在新年里，也该过去给老人拜个年。

到了老人家里后，就会感觉是来到了一个和东京截然不同的世外桃源，不知不觉就会住上一段时间。

N 老人的家，从县道旁边进去，沿着一片杂树林，走上七八百米就到了。

屋子位于一片竹林背后。

第一次去的人，可能连他家的大门都找不到。那是因为 N 老人在他家周围种满了芦草。

穿过客厅，就来到一间有二十张榻榻米宽的西式房间，这里也用作书斋。整面墙壁都安装着固定的书架，书架上，排列着从古至今，从日本到其他各国关于鸟类的不同书籍，足有五六千册之多。哦，不对，应该可能超过一万册。

光看这些书，就知道老人是一个多么勤奋的学者。

而且，不论在房间的哪个角落，都会出现珍奇的、不可思议的鸟类标本。只要一进房间，你就会被眼前的景象惊呆的。

不过，最让我着迷的，还数老人家的庭院。

庭院被包围在周围的竹林和从大门一直延伸出去的那片芦苇丛里。因此，从外面是一点也看不见庭院的。

在茂密的芦苇丛中，有一条美丽的小河蜿蜒流过。它沿着庭院里的草坪，曲曲弯弯、静静缓缓地流淌着。

往右边看，富士山清晰可见，此时你会感觉它近在咫尺，从而产生一种置身山林的错觉。

不过，吸引我的并不仅仅是这些。还有最重要的一点，就是，这座庭院是专为野鸟建造的。

庭院里所有的一切，都是为了鸟儿设计的。不论是小河也好，柿子树也好，矢车菊也好，向日葵也好，反正这庭院里的一草一木都和鸟儿有关。

小河是鸟儿的天然浴场。草坪是鸟儿嬉戏、晒太阳的地方。

哪怕是在大雪天，鸟儿们只要来到了这里，就一定能吃到美味。因为在草坪上，放着一只鸟食盒子。

从书斋那边还穿出来一根铁丝，可以移动鸟食盒子。

因为是鸟儿的庭院，所以即使是家里人，没事时也不会进去打搅它们。N老人一边说着话，一边还在用双筒望远镜观察里面。

我不由得想要笑出来。

"元日放晴，麻雀们的故事①——忘记是谁说的来着了，反正有这么句话。对了，今天这麻雀，好像特别闹喳喳的。"

_____

① 这是日本文学家服部岚雪（1654—1707）的名句，服部是江户时代著名的俳谐师。

我对 N 老人说。

老人的头发已经全白，精气神儿却一点儿也不输给年轻人。

"嗯，它们今天的心情很好啊！那些叽叽喳喳的麻雀，是去年从东京搬家过来的。"老人回答说。

"从东京搬家过来的？老师，您是怎么知道的？"

我还以为是某个人在它们的脚上做了记号什么的呢。

"听它们说话就知道啦。住在这一带的麻雀，说的是乡下话，而那几只麻雀，说的可是东京话啊……"

"您可真爱开玩笑……"

新年伊始，就被老人家如此调笑了一番，我只有苦笑了。

可是，老人却表情严肃地告诉我："不，我没有开玩笑。对你们这些耳朵跟聋子没多大区别的人来说，麻雀的叫声都是统一的'啾啾啾'，你们可不知道，它们的每一种叫声，都有着各自不同的意思呢……"

"真的吗，老师？"

"当然是真的……高兴的时候，警觉的时候，危险迫近的时候，它们的叫声都是不一样的。"

"嗯，这个我是知道的……不过，您说麻雀说乡下话什么的……"

N 老人根本不理我，又自顾自地说了起来。

"呃，你不要讲话，张开耳朵好好地听着，你听……噜——啾——啾——啾，噜——啾——啾——噜——啾……是这样的叫声吧？今天它们的精神很好，也没有什么风，天气也暖和，所以小麻雀们的心情特别好。从它们的叫声中就能听出它们在不断地重复着同一主题，而同样的声音也会因为情绪不同而发生变化。说到麻雀，小伙子，一般大家都把它们的叫声称为啁啾吧？其实，这种很简单的声音，就是我们听上去觉得像是啾的那个音，几乎是人类的耳朵所感觉不到的。只有这种声音发生了各种变化，变得丰富起来，才成为了我们一般称为鸣啭的那种声音。而且，这种语言的发达，是和周围的各种各样的声音密不可分的。"精通鸟类学、尤其因对麻雀的研究而在国内闻名的 N 老人这样解释道。

我默默地、非常认真地聆听着。

"有可能是，在这块土地上诞生了一个叫声非常婉转动听的天才，附近的同伴们就开始模仿它的声音，也可能是它们听到了人类创造出来的声音，然后就改变了叫声。这种事不光发生在麻雀身上，黄莺也是一样的。吉野山的黄莺是全日本最不会鸣叫的莺，只会单调的'嗹——咕'，那是因为它们没有优秀的老师。不过，要是你把那里的小黄莺带到别的地方，让它跟着叫声动听的黄莺，那到时候它也会发出'嗹——嗹——咯——啾'的好听声音。奥多摩的黄莺发出的叫声是'嗹——嗹——咯——啾'，那是因为它们模仿了水车的声音。所以说，分布在各地的黄莺，叫声都是不一样的。住在城市里的麻雀，叫声要比住在乡下的复杂得多。比如说，春天一到，麻雀们就会起劲地鸣叫。乡下的麻雀，只会重复简单的'唧——啾——唧——啾'，可是城市的麻雀，就会在中间加上'喁——唧——哎——呒'这种复杂的声音，简直可说是春天的欢乐颂。再过会

儿你就能听见城市里的麻雀是怎么唱歌的了——'唧——唧、啁依、噂、唧、吱——嗯、啁啾、唧——唧、噂、啁啾、吱——嗯、唧——唧、啁啾、吱——嗯、唧——唧、吱——嗯'。这是一个段落，之后就重复好多遍。"

我觉得，老人的话讲得真有道理。

这几只麻雀是从东京搬家过来的，我开始相信老人说的了。

"呃，那一家子麻雀，有什么趣闻吗？"

我想要更多地了解这群麻雀了。

春天的欢乐颂

这一家麻雀是什么时候从东京搬来的，老人也不是很清楚。

N老人发觉它们和本地的麻雀不同，是在今年春天，在它们欢唱春歌的季节里。

所以说，多数应该是去年年底或者今年年初，在地面还硬邦邦地结着冰的时候飞来的。

大家都说，麻雀喜欢投靠在人类的家里，喜欢住在固定的地方，一般不会去很远的地方。

可是最近，大家发现这种说法明显是错误的。

从夏初到秋末，被称为是"大集群时期"。

进入冬季，被称为是"小集群时期"。这个时期，为了觅食，它们会飞到很远的地方去。

在新潟县内做好标记后放飞的麻雀，结果会在栃木县、群马县、静冈县、岐阜县、爱知县，最远会在冈山县内被找到。

N老人在很久以前，就在庭院里放了鸟食盘子。

　　庭院的大小在二十平方米到三十平方米左右。在庭院的四个角上，老人分别放上一只鸟食盒子。为了下雨天也不被淋湿，老人还特意在盒子上加了一个罩子，还在下面装了很高的脚，这样，下了大雪也不会被掩埋了。

　　鸟食盘子里总是放着米粒、稗子、小米之类的食物，所以麻雀、白头翁、白颊鸟、山雀、斑鸫以及其他各种各

样的小鸟都会飞来这里。

像麻雀之类的，还会把周围的伙伴统统叫到这里来集合。

它们从庭院一隅的柿子树上，从一整排栖息的电线上、屋檐上依次飞下来取食。

此时，附近的猫咪看见麻雀集中在这里，就也会向这里靠拢，所以麻雀是不能掉以轻心的。也正因为这个缘由，麻雀放弃了单独行动，采取集体行动的方式。

每一组麻雀似乎都喜欢选择固定的树木栖息，因此，同一组麻雀总是固定在同一个地方。

猫咪来了。

一组麻雀里的某一只就会发出"危险！快逃！"的信号。

只要是小组里的麻雀，随便哪一只都可以发这种信号。麻雀不像乌鸦，它们没有固定的领导。

小组里的每一只麻雀，地位都是平等的。

不过，如果麻雀的数量增多，为了争夺觅食的地盘，也会发生非常激烈的争斗。为了抢夺鸟食，两只麻雀叼着食物从屋檐上滚落下来，这种事 N 老人见多了。

这种抢夺地盘的争斗，随着时间的推移会自然地收场。

在这种不太平的时期，这对从城市里来的麻雀夫妻，多数也悄悄地加入进去了吧。

到了初春，麻雀们的小组就会纷纷解散，因为要开始争夺筑巢的地方了。筑巢之战要比为了觅食而抢夺地盘的战斗更为激烈。

如果是觅食的纠纷，那 N 老人自己就有办法解决，只要增加鸟食盘子和鸟食就可以了。

可是，说到筑巢，就没有那么简单了。

除了眼睁睁地看它们争斗，别无他法。

在战斗中获胜的几组麻雀，就选择在 N 老人家的瓦片屋顶下的空隙里筑巢。而找不到好方的麻雀，就只得在坏掉的路灯、树洞、稻田里的窝棚、围墙的缝隙之类的地

方筑巢了。也有些麻雀因为实在找不到地方，就选择在树枝上筑巢。

　　大概是因为麻雀长期依赖人类生存，所以忘记了树枝上也能筑巢吧。

　　等到它们选定了各自的筑巢地，接下来就到了唱春歌的时间了。

"啁——噜——啁——唧……"

屋檐上、庭院里的树上、屋顶上，到处都会回响起它

们此起彼伏的喧闹声。

"哎？"

N 老人放下笔，朝庭院里看去。因为他在麻雀们的春歌

里，听见了"唧——啾——啾依，啁——唧——哎——呃，

唧——唧"这种与众不同的叫声。

这种叫声和这一带的麻雀是全然不同的。

老人用双筒望远镜对准麻雀，到处寻找。

从屋檐下，一直找到叶子都已掉光的柿子树梢、鸟食

盒子、草坪，最后是小河里的天然浴场。

"哦，在这里呢……"

那只麻雀停歇在小河浴场旁边的一块岩石上，鼓着脖

子在那里起劲地唱。

"这个，可不是本地的麻雀啊。"N 老人嗫嚅道。

N老人打年轻时起，就喜欢在笔记本上详细记录各地麻雀的叫声。

N老人急急忙忙把这个叫声记录在稿纸上，然后找出了那本笔记本。

"哈，有了。原来是东京中央地区的麻雀。"

发出这种叫声的麻雀，只有这一只。

麻雀的迁徙一般都是集体行动，那为什么只有这一只雄的和另一只雌的来到了此地呢？

N老人想，一定是它们在集体迁徙的途中碰到了什么意外。从那天起，老人就把这对麻雀夫妇称为"东京麻雀"，额外对它们进行详细的观察。

它们的身形、羽毛颜色什么的，都和别的麻雀毫无二致。

不过，因为叫声不同，所以还是能区别出来的。

有一天，老人曾看见在路边农家的电线上，停着两只离群的、孤零零的肥雀①……老人后来想到，它们一定就是那对东京麻雀。那是在一个霜降的寒冷早晨。

如果老人的判断正确的话，那么这对麻雀就是从那时起悄悄地来到了这里的。

---

①肥雀：寒雀的别称，因为这种麻雀在冬天会将羽毛缩成一团，看上去胖乎乎的，故得此名。

在这一带的麻雀唱着粗陋的春歌时，这对东京麻雀则唱起了动听的歌：

"唧——唥、唰依、噂、唧、吱——嗯、唰啾、唧——唥、噂、唰啾、吱——嗯、唧——唥、唰啾、吱——嗯、唧——唥、吱——嗯……"

猫雀之战

东京麻雀的巢，就筑在 N 老人家二楼屋顶最南面的一个角落里。

那是一个很陡的地方，就连身手敏捷的猫咪也奈何它们不得。

这个屋顶的小阁楼，简直可以说是麻雀之家。麻雀们只要住在这里的瓦片屋顶下，就不用费心到很远的地方去觅食了。因此，不论你翻开哪片瓦，都会发现住着满满的一家麻雀。

刚开始的时候，东京麻雀过着离群索居的生活。

但是，它们那来自大都市的歌声，让那群乡下麻雀都听醉了。之后，乡下麻雀们就开始模仿起它们的歌声来，在叫声中加入了"啾——依——哎——呒"之类的声音。

就这样，都市麻雀成了它们的老师。

不知不觉中，都市麻雀就成了小组里的领导，伙伴们也不再排斥它们了。

麻雀的巢是用捡来的荒草、树皮、麦秆、纸屑之类搭起来的。它们的巢虽然谈不上精致，但为了不让鸟蛋或雏雀从屋顶上掉下来，它们也颇费了一番心思。

在巢的中央，有一个雌雀产卵的地方。下面铺着零碎的毛线、鸡毛之类的，有时甚至是从蛇身上蜕下来的蛇皮。

在产卵的地方和通向外面的出口之间，有一条圆筒形的道路。这条路呈曲曲弯弯的"之"字形或 S 形，那是为了不让产卵的地方照射到剧烈的阳光。不过，应有的亮度还是考虑到的。

麻雀们从搬运筑巢的材料开始，要历时四五十天才能

把巢完全筑好。巢一筑好，雌雀们就马上开始产卵了。

东京麻雀总共产下了五枚蛋。灰白色带蓝纹的鸟蛋上，有大小各异的暗褐色及深紫色的图案。

老人家后面的那片吉野樱开了，煞是好看。

终于有一天，樱花如雪片一般飘落下来。

大约在樱树冒出青芽的时候，第一批雏雀就孵出来了。

母雀总共用了十二天的时间来暖这些鸟蛋。

麻雀之家到处都是睁不开眼、皮包骨头的雏雀，它们张大着嘴巴，用微弱的声音"叽哩叽哩"地叫着。它们是在央告爹娘们快来给它们喂食呢。

于是，这对东京麻雀就必须一刻不停地搬运食物。

雏雀的胃还没有发育成熟，所以不能一下子就让它们吃五谷。成年的麻雀必须到处飞来飞去，去寻找那种软软的、有很多汁水的、高营养的小虫子。

巧合的是，树木发芽的季节，也是蚯蚓、毛毛虫、蛆虫大量繁殖的季节。成年的麻雀就忙忙碌碌地在垃圾堆里、在厕所的淘粪口、在树木的嫩叶子上、在稻田里施肥的地方搜寻着虫子。

在 N 老人的屋顶阁楼里，大约住着八十个麻雀家族。如果每个雀巢里都有四到五只雏雀的话，那么光这里应该就有四百只雏雀。

那么多的雏雀，都在那里张着嘴巴等待喂食。无论这些雏雀的爸爸妈妈们怎样从早忙到晚，也还是赶不上。

从二月到八月，要产两三次卵的雌雀也不在少数。

如此说来，仅 N 老人的家里，每年就会有一千两百只雏雀降生。

为了不让这些雏雀挨饿，它们的爸爸妈妈就是豁出命去也得找来小虫子喂它们。

曾经发生过这样的事。

那是在关西的某个村庄。因为村民们都说每到秋天就会有大批的麻雀来吃稻子，于是村子里就发动起一场灭雀行动，几乎把所有的麻雀都捕杀了。

兴高采烈的村民们心想，今年肯定是个丰收年啦！

但是，他们做梦也没有想到，害虫的数量出现了猛增。

它们对稻子的糟蹋程度要远远超过麻雀。村民们赶紧制作了许多鸟巢箱，费了九牛二虎之力想要把麻雀重新唤回来。

麻雀们每天捕捉螟蛉、蛆虫什么的，在我们人类还没有察觉的时候，就已经帮我们做好了消灭毛毛虫、苍蝇、蚊子之类的工作。

雏雀们茁壮成长。它们的眼睛睁开了，皮包骨头的身体上也开始长出了如毛刺一般的羽毛。

N老人笑嘻嘻地对东京麻雀的生活状况进行了一番调查。不过，如果麻雀照这个样子繁殖下去，最后会怎样呢？

美国的鸟类学者巴罗斯曾经做过计算，如果让一组麻雀繁殖十年，它们的后代数量就会超过2757亿1698只。

如果这样，那全世界不都是麻雀的天下了吗？但自然是巧妙的，它早就筹划好了事情的所有发展进程。N老人家的麻雀也在自然的安排之内。

不知道从哪里来了一条大青蛇，爬进了老人的家里。

面对这样的天敌，小麻雀们根本无力招架。

成年的麻雀怀着愤怒和恐惧，"啁——啁唧、叽咕叽咕叽咕……"地大喊大叫，手足无措地在夜空中急急乱飞。

一百六十只麻雀就这样齐刷刷飞走了。

它们拍打翅膀的声音传到了正在看书的老人的耳朵里。

老人拿着手电筒走出去，朝夜空照去。

麻雀们"唧唧唧……啾——啾"地相互叫唤着，像发了疯似的在夜空中盘旋。

N老人心想，麻雀之家一定发生了什么事情。

第二天早晨，老人抬头望着屋檐。麻雀们仍不想回巢，依然在愤怒而又恐惧地聒噪。

几只羽翼未丰的雏雀的尸体，僵硬地躺在地上。它们是在爹娘匆匆起飞的时候，摔下去的吗？

"喂，你帮我把花匠小铁叫来好吗？"老人吩咐保姆说。

花匠小铁按照老人的指示爬上梯子，在屋顶的缝隙里

寻找着麻雀的天敌。大青蛇把柔嫩的雏雀吃了个饱，正在那里舒舒服服地休息。

不管大青蛇有多贪婪，要把这么多雏雀全部吃掉也是不可能完成的任务。吃饱了的大青蛇在笃笃悠悠地睡大觉。

"师傅，找到了，超大的……"

小铁抓起大青蛇，把它扔到了地上。大青蛇吃得实在太饱了，根本动弹不得。

东京麻雀的五只幼仔没有被大青蛇吃掉，因为它们的巢在屋顶最南端的一隅。不过，其中的一只当时在靠近入口的地方，在爸妈起飞的时候被踢了下去，摔死在地上。

此次事件过去两周左右后，雏雀们在爸爸妈妈的带领下出来了。

老人站在书斋的窗口，目不转睛地看着聚集在鸟食盒子旁边的麻雀一家。

带着四只雏雀的东京麻雀一家也混杂在它们中间。

东京麻雀的鸟喙"噼噼啪啪"地不停翕动着，正忙着一粒一粒地给小麻雀喂小米吃。

它们在给小米剥皮。剥好一粒，就喂一粒。有时候会休息一下，自己也吃一点儿。整个喂食过程要持续一整天。

老人想起了自己的亡妻和辛辛苦苦拉扯大的三个儿子。

三个儿子都去参加这次战争了，全都有去无回。一个在陆军，两个在海军。

老人不由得湿了眼眶。

如今，老人和一个保姆以及亲戚的一个女儿住在一起，过着孤寂冷清的日子。只有对鸟类的研究，能给老人孤独的心带来些许抚慰。

"啪嗒，啪嗒"，玻璃窗上响起了轻微的撞击声。

老人一下子回过神来，结束了孤独的回忆。

一只胡蜂嗡嗡叫着，撞击着玻璃窗，想要进入房间。

东京麻雀看见了，动作敏捷地飞了过去。只听"嘭"的一声，它用整个身体朝胡蜂撞了过去，然后叼住胡蜂的细长身体，朝雏雀们飞了回去。

在老人的房子背后，有一片旱田。这里也有四五只刚刚学会飞翔的小麻雀，在摇摇晃晃地嬉戏。它们多数是兄弟姐妹吧。肯定是从雀巢里刚孵出来四五天。每只都是那种颤颤巍巍的飞法，稍微飞一下，立刻就要停下来休息。

小麻雀从巢里出来大约两个礼拜后，翅膀上才会生出力量来。在此之前，它们只能晃晃悠悠地跟在爸爸妈妈的后面。

在这个时期，为了增强体力，小麻雀们必须走到离开雀巢三百米左右的远方。不过，对小麻雀来说，这也是一个危险的时期。因为有时候，草丛中会潜伏着野猫。

一天早晨，老人看

见东京麻雀一家高高兴兴地在鸟食盒子旁边吃着早餐。此时的小麻雀已经长得很大了，模样和它们的爸爸妈妈几乎没什么区别。只要积累了各种各样的经验，就会成为当之无愧的成年麻雀。

一只小麻雀钻进了鸟食箱，一个劲地啄食着。其余的小麻雀，就捡掉在地上的小米吃。

此时，它们的妈妈从草坪里拖出来一条幼虫，两只小麻雀看见了，赶紧扔下小米，跑到妈妈那里讨吃的。

它们的爸爸（就是那只东京麻雀）也许是肚子吃饱了，飞到了稍远处的花楸树的矮枝上，悠然地瞅着它这幸福的一大家子。

过了一会儿，东京麻雀似乎突然感觉到了有什么危险。

"喟——喟，叽咕叽咕！喟——喟，叽咕叽咕！"它发出了尖锐的喊声。

这是它们的爸爸在发出"喂，情况不对，要当心了"

的信号。

刚才一直在起劲地吃着的小麻雀，包括它们的妈妈，都停了下来。它们全都伸长了头颈，观察起周围的环境来。

对于野猫来说，这个局面可不怎么理想。

不论是野猫还是麻雀，都没有注意到 N 老人的存在，因为他是从一个高高的窗口望着它们的。

老人看着一只大花猫正在悄无声息地向麻雀一家靠近。老人心想，要是麻雀们没有发觉，那我就把花猫轰走。不过，它们的爸爸已经发出了信号，应该没什么好担心的了。

接下来花猫和麻雀会干什么呢？老人静静地看着。

大花猫躲在石灯笼的后面，慢慢靠近。

小麻雀的爸爸似乎看见了它。它从花楸树上飞下来，飞到鸟食盒子旁边，挺胸翘尾，发出了一连串高亢的嘶鸣——"啁——啁，叽咕叽咕！啁——啁，叽咕叽咕！"最后是"叽叽叽……"的叫声，像是要迎战大花猫的样子。

当然，它是不会真和大花猫交战的，只是为一家老小的逃跑争取时间。

此时，缩成圆鼓鼓一团的大花猫，突然一下子舒展开身体。说时迟那时快，东京麻雀一家"哗"的一声飞上了花楸树的树梢，一只也不剩。

大花猫心有不甘地抬头望着花楸树的树梢。就算它能爬上树梢，也是逮不着麻雀的。大花猫懊丧不已地晃动着尾巴。

就在此时，有趣的事情发生了。东京麻雀开始嘲笑起它来。小麻雀们的爸爸飞到大花猫够不着的地方，在一根根树枝间飞来飞去，叽叽喳喳地叫个不停。

小麻雀们的妈妈也放下心来。然后，它学着老公的样子，在树梢间飞来飞去，还不停地聒噪着，简直就像人类在欢庆胜利时手舞足蹈的样子，闹得人头昏脑涨。

大花猫只得灰溜溜地跑开了。

麻雀不是害鸟

这对东京麻雀离开了小麻雀们，回到二楼南侧的旧巢。因为两周的幼雏抚育期已经结束了。

离开了父母的四只小麻雀，在刚开始的时候，还是很想家的。

夏天来了。

小麻雀们知道，到了该交友的季节了。这是它们与生俱来的本能，之前谁也没教过它们。

一开始，小麻雀弟兄们聚在一起，怯生生地活动着。可现在，它们已经能飞到五百米左右的地方了。

翅膀也已经硬了。

还有别的小麻雀聚集过来，十只，十五只，二十只……数量在不断增加。

春夏时节，食物也非常丰富。年轻的麻雀们来到附近的稻田里，啄食着杂草的草籽，也吃蚂蚱和小虫子。

在这一段时期，N老人的庭院变得非常静谧，老人觉得更加孤寂了。

当积雨云滚滚而来，泥鳅从稻田里爬出来的时候，这一组麻雀已经发展到了六七十只。

到了夏末时节，它们的爸爸妈妈——那对东京麻雀——也加入了进去，这群麻雀已经发展成两百到三百只左右的一个大组。

这对东京麻雀，在把最后一批幼雏送出了旧巢后，就搬出了老人的家，住进了旁边的竹林。

屋顶上的那个家，是用来产卵、繁殖后代的。

周围的一些小组的麻雀，接二连三地加入了这个大组。

接着，秋天终于来了。

原先在老人的庭院里追逐夏蝉的麻雀，也开始寻找起秋天的食物来。

从东京飞来的五六组麻雀，也加入了这里的团伙，于是，最近这里流行起说东京话了。

麻雀数量多起来后，它们在东京的中央地区就找不到足够的食物了。

生活在都市的麻雀，从都市的中心飞到郊外，再从郊外飞到农村，这种迁徙麻雀的数量每年都在增加。

N老人来了兴致。因为初来乍到的东京麻雀在旁边的竹林里筑了巢。

每到傍晚时分，就会有成千上万只麻雀纷纷飞回竹林里的雀巢，这种如过节一般的喧腾气氛，一直会延续到夜幕降临。

虽然数量超过了一万只，但这群麻雀并没有分成一个个小组。更为不可思议的是，这么一大组麻雀，也没有一个领导者。

在原来分成一个个小组的时候，还是有领导者的。担当领导重任的，基本上都是身为人父的麻雀。因此，东京麻雀在加入这个大组之前，也曾在小组里做过领导。

可是，现在这个组里完全没有上下级之分，可说是一个完全民主的组合。

麻雀不像大雁、仙鹤、乌鸦，它们不需要领导，而是互相关照着谋生存的。

只要栽在 N 老人庭院里的矢车菊和向日葵一结籽，立

刻就会被麻雀们盯上。总有一只聪明的家伙最先看见这些，接着就会转告给它的小伙伴们。然后，一大群麻雀就会"唰唰唰"地飞来。在一旁站岗放哨的麻雀，是大家轮流担当的。

从稻田里飞回来的麻雀，鸟喙上都沾满了白色的米汁。相比成熟的稻米，麻雀更喜欢吮吸未熟稻米的乳汁。

"这些爱搞恶作剧的小东西……"老人责备地说。

不过，老人自己并不是庄稼汉，所以对麻雀怎么也恨不起来。而且，老人还这么想，要是庄稼汉知道了麻雀的这种活法，也一定不会恨它们的。

第二天早晨，老人听见了"哗——哗叽哗叽哗叽，哗——哗……"的伯劳鸟的高亢鸣声。

随后，隔了一小会儿，又听见了草坪上传来"啪嗒啪嗒"的翅膀相击的声音，声音虽然不响，但很猛烈。

老人拉开窗帘，正瞧见一只伯劳鸟将一只麻雀按倒在

地上。

——那群麻雀早就到外面的稻田或旱田里去觅食了，为什么唯独这一只留下来了呢？

就算是凶狠无情的伯劳鸟，面对成千上万只麻雀，也会失去交战的勇气。所以，它把这只单独留下的麻雀作为了袭击目标。这只弱小的麻雀，刚开始还在伯劳鸟的利爪下奋力挣扎，但没过多久就筋疲力尽了。

老人赶紧穿上木屐，来到庭院里的草坪上。

伯劳鸟"啾"的一声飞走了。

那只麻雀依旧瘫倒在地上。

老人走到它旁边一看，东京麻雀的脑袋已经裂开了，里面的脑汁大约已经被吸掉了一半。

伯劳鸟就是喜欢吸小鸟的脑汁。伯劳鸟那如鹰隼一般锋利的鸟喙让老人不由感叹。

老人的庭院里，柿子熟了。

东京麻雀立刻把这个消息转告给伙伴们。于是，这群麻雀每天都来啄食。

"这是爷爷您辛辛苦苦种下的呀……要不，我帮您赶走它们吧？"亲眷的女儿对老人说。

可是，老人拒绝了她的好意。"没关系，没关系。我不吃柿子，我倒是很想看看小麻雀是怎么吃柿子的。"

麻雀不光吃果汁，还吃果肉。而且，它们的吃相还相当优雅。

　　首先，它们会小心地把鸟喙插入果蒂周围。然后，在果蒂的背面，一点一点地把孔啄大。就这样，直到整个果肉和果蒂完全剥离，"啪嗒"一声落到地上。

　　"它们这个办法想得多妙呀！" N 老人赞叹说。

　　老人以为，它们一定会在摔烂了的柿子周围聚集起来，然后一起来吃。但他想错了。

麻雀们看也不看掉在地上的柿子，而是接二连三地对结在树枝上的柿子展开了进攻。于是，一只只柿子都"啪嗒啪嗒"掉下来。

"它们为什么要用这么浪费的吃法呢？"老人觉得不可思议。

老人想起了夏末的一天，那对东京麻雀在为第三只幼雏捕捉夏蝉的情形。

当时，那对麻雀朝着一只仰面朝天、扑扇着翅膀、"叽叽"叫着的夏蝉冲了过去，它们用鸟喙朝蝉身上啄下去，然后再飞起来，然后再次啄下去。就这么反复地啄，直到把那只夏蝉啄死。

啄死后，它们只是把夏蝉的脑袋揪下来，然后把它啄个粉碎，搬运到幼雏那里去喂它们。

但是，它们对蝉的身体却置之不理。

如此说来，麻雀也有喜欢吃的部位和不喜欢吃的部位啊。我们人吃的部分它们是扔掉的，而我们扔掉的部分却是它们要吃的……老人想，它们的口味还真是独特啊！

冬天到了。

不论是旱田还是水田，都没有了麻雀的吃食，地面上也结了硬硬的一层冰。到了这种时候，麻雀的组合就会土崩瓦解。

本来聚集在竹林里的那么一大群麻雀，终于又分散为一个个的小组。一个个小组纷纷飞出去，重新圈定觅食的地盘。

东京麻雀这一组，继续留在了 N 老人的庭院里。因为这里原本就是它们的地盘。

隆冬时节。

它们的食物只剩下五谷了。

有一天，天上下着雪。

麻雀们非常难得地来到了小河旁，很起劲地啄食着什么。东京麻雀也在其列。

老人心想："这是怎么回事呀？这种时候那里又没有什么吃的，而且我也不记得曾在那里撒过五谷啊。"老人不可思议地拿起了望远镜。

此时，传来了"扑哧"的声音和"啪啪"振翅起飞的声音。

既没有警觉的鸣叫，也没有危险的信号。麻雀们肯定是遭到了突如其来的危险。

N老人赶忙拉开了玻璃门。

在小河畔，刚才还在开开心心地啄食的一只麻雀，已经可怜巴巴地缩着羽毛，瘫倒在地上。

"是谁在打气枪……"老人从来没有发过那么大的火。

在茂密的芦苇丛的后面，传来了孩子们奔逃的脚步声。

老人急急忙忙赶到了小河畔。

老人把那只麻雀轻轻地捡起来。躺在老人手掌里断了气的……就是那只东京麻雀，那群小麻雀们的爸爸。

"呃，那只东京麻雀究竟在那里吃什么呢？"我问老人。

N老人回答说："当时，我脑子里只有东京麻雀被打死了的愤怒和悲伤。不过，我毕竟也是个鸟类研究人员，我也很想弄清楚你问的这个问题。所以，我把它拿回家，解剖了它的尸体。结果，在它的胃里，发现了大量的硬沙。"

"哦，您是说沙子吗？"

"是啊。麻雀在漫长的冬季，几乎只能吃五谷，而且基本上都是米粒。因此，为了消化生硬的米粒，就必须在胃袋里填入硬沙砾。不过呢，冬天的地面就像混凝土路面一样硬实。所以，它们必须煞费苦心，用在墙上啄洞之类的方法来获取沙砾。万幸的是，只要来到我家，来到那条小河旁，那就随时都能捡到干净的沙砾了。"

"真遗憾啊。您好不容易才熟识了的那只东京麻雀就这么被杀死了……"我说。

老人说："嗯，气枪是应该被取缔，不过，还有比这更重要的事：有许多人认为，麻雀是对人类是有害的。这个看法不正确。当然喽，一到秋天，麻雀会飞到稻田里去吃粮食。可是在此之前，为了不让荒草蔓延生长，麻雀也做了很多工作啊。如果没有麻雀来啄食草籽，任凭荒草自由生长，那会怎么样呢？种庄稼的农民就会花上几十倍、甚至几百倍的辛劳来除草。不仅如此，麻雀还捕食害虫。农民们大多因为麻雀吃米而对它们没有好感，但要知道，与农田里的米相比，它们其实更多的是捡拾从农家或仓库里撒出来的米粒。举例来说，有人对一年里的两千只麻雀做了一番调查，结果发现，它们吃掉的草籽要远超谷物的量。你想想在它们喂雏的时候，吃的多半都是小虫子啊。从这个角度看，它们非但不是害鸟，而且可说是益鸟。是的……麻雀是益鸟。你现在想不想看看那些数据分析的资料呢……"

老人说着，从椅子上站了起来。

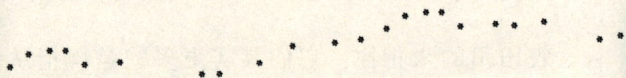

黑色的背鳍

海里的匪帮

强者总有一天要让位，这是大自然定下的法则。

可是，"断鳍"向来不在乎这样的法则。它是四十头逆戟鲸的总指挥，难道会输给别人吗？简直是天方夜谭！

"断鳍"就是这么一个硬汉。

"断鳍"是这群逆戟鲸的首领。

要做这群雌逆戟鲸、小逆戟鲸，还有许多雄逆戟鲸的首领，就必须是一个敢于挑战大自然律法的勇士吧。

做首领的，必须是让大家打心眼里佩服、尊敬的英雄。"断鳍"到今天为止，已经不懈斗争了三十年，所以说，它就是这群逆戟鲸的英雄。

既然已经成了英雄，那就不允许失败了。而且，必须不断地去冒险。

小时候，它曾战战兢兢地看过一些激烈的战斗，如今，在它的眼里，那些根本就是小事一桩。

胜利已经成了理所当然的事情。因此，战斗对它来说

也渐渐失去了刺激感。

如今，只是为了好玩，它想要大开杀戒了。

为了生存必须杀戮，这是大自然的另一条法则。但它的做法与这条法则略有不同。

它是为了好玩而杀戮。

以三十海里的时速追捕对手，直到把对手追得精疲力竭。然后，这群逆戟鲸就一哄而上，四十八颗尖牙一下子咬下去。对手就会在这一瞬间玩完了。

这样的事，是这群逆戟鲸每日必做的功课。

性情暴戾，是逆戟鲸的共有特点。这个特点不是现在刚刚形成的，而是古已有之的。逆戟鲸原本就是一种不肯认输的动物。只要是战斗，它们总能取胜。

"断鳍"的身长足有十二公尺二十公分。

由于上了年纪，它的身体略微有些萎缩，即便如此，别的逆戟鲸的身材还是无法与它相比，它的体形大约是雌逆戟鲸的两倍。

它身上伤痕累累，毕竟是战斗了三十年的勇士啊！它的伤口大多集中在头部。照我们人类的说法，这可是它的勋章。这伤痕有的是在印度洋上和大乌贼交战留下的，也有的是在南冰洋上和抹香鲸交战留下的，还有在大西洋上制服虎鲨时留下的。

所有的伤口中，背鳍上的伤是最厉害的。那是它和当时的首领交锋时留下的。

底部长一米五、高度为三米七，呈等边三角形的背鳍的顶端，被残忍地咬掉了，因此，它的背鳍变成了难看的梯形。

对于"断鳍"来说，这就是它的最高荣誉勋章。

这头断鳍鲸，是有妈妈的。三十多年前，妈妈在南太平洋生下了它。

刚出生的时候，它是一头只有两米七四的逆戟鲸，和别的逆戟鲸宝宝毫无两样。

墨黑的后背，雪白的肚皮，在眼睛的后上方，有一对呈卵形的、美丽的白斑。基本上和它的爸妈同样肤色、同样体形。

即便是性格暴躁的逆戟鲸，对自己的孩子也是宠爱有加的。

逆戟鲸喜欢不停地旅行，从太平洋到印度洋、大西洋、白令海、鄂霍次克海，它们由当时的首领带领着，不断地旅行，世界上没有一片海域是它们无法到达的。

除了植物以外，它们什么都抓来吃。哪怕不是那么好对付的角色，哪怕是个凶狠的对手，它们也会不假思索地冲上去把它吃掉。

逆戟鲸的宝宝，会叼着妈妈的乳头一路前行。

在逆戟鲸的队伍里，从来不会混杂别的动物，因为大海里的一切生物，只要看到它们那黑色的背鳍，就会纷纷落荒而逃。

每当它们那坚硬的、如潜水艇上的潜望镜一般的黑色

背鳍在大海上乘风破浪时，就连鸥鸟们都会齐刷刷飞走。

不管是海豚、鲸鱼，还是海里的任何一种鱼，见了它们都避之唯恐不及。虽说如此，可逆戟鲸从来也不会苦于找不到食物，因为它们是围猎的好手，而且游速超快，行动敏捷。

虽然它们的嗅觉不敌鲛鲨，但在听觉和视觉上，大海里没有任何一种生物可以与之匹敌。

在波涛间嬉戏的海鸟或海兽，逆戟鲸在老远的地方就能听见它们的叫声；大鱼、海豹、鲸鱼的背鳍划破海面发出的声音，它们就是在海底也能听见。

它们的视力也比鱼类强。只要一看到猎物，它们就会屏住呼吸潜入水下，迅速地朝它游去。它们屏气的能力可以长达五分钟，就像潜水艇铆上了军舰或者航空母舰一般。它们会静悄悄地靠近目标，然后一下子从水下顶上去。它们的这种捕食方法真可谓是老谋深算。

就是海豚和鲸鱼，也会三下五除二地就成为了它们的美餐。海豹和白熊往往还没来得及爬上冰礁，就被它们逮住。有时候，就连海鸟都会在海面上遭到它们的袭击。

"断鳍"也和别的逆戟鲸一样，在出生后一年左右的时间里，和妈妈生活在一起。在此期间，它们的体力飞速增长，身体也在眨眼间发育成熟。此时，光靠母乳就不够了，它们要吃柔软的鱼肉。于是，母逆戟鲸就会把肚子里的食物吐在大海里，让小逆戟鲸吃。

渐渐地，小逆戟鲸断奶了。乌贼、章鱼、鳟鱼、鲑鱼、青花鱼、沙丁鱼、鳕鱼、金枪鱼、鲣鱼等等，都会成为它们的主食。于是，这群逆戟鲸一边捕鱼一边继续旅行，它们的目的地有时是温暖的大海，有时是寒冷的大洋。

在漂浮着白冰的北方海洋里，它们的身体会被冻得发麻，行动也会变得迟缓。

告别了闪着极光的灰暗的北方海洋，它们一路南下，身体也会随之活跃起来。

二十到二十五摄氏度的大海，对它们的身体而言是最舒适的。

成年的逆戟鲸，不论雌雄，只要遇到了食物都会胡吃一气。不过，要是碰到了大鲸鱼，那么就连它们的大胃口也是无法完全吃尽的。那时，"断鳍"就会盯住这些吃剩下来的食物饕餮一顿，它的体力也因此猛增。一年的母乳时期就这么过去了。

这时的"断鳍"，不管怎么说，已经能够摇摇晃晃地行走了。就在那段时间，"断鳍"的妈妈去世了，死因是在战斗中留下的伤口感染了细菌。逆戟鲸唯一的天敌，就是如此微小的细菌。

从小就失去了母亲，对"断鳍"来说是一种不幸，但现在回想起来，也可以说是一种幸运吧。失去了母亲的"断鳍"，除了靠自己的力量去谋生外，别无他法。为了谋生而付出的辛劳，也反过来锻炼了"断鳍"，它变得越来越善战，也越来越聪明了。

没了爹娘的孩子，如果还身体羸弱，那似乎就只有死路一条了。

"断鳍"不要死，不管活着有多难，它都要活下去。

当别的和它差不多年纪的逆戟鲸还在吃妈妈喂给它们的东西时，"断鳍"已经学会了去偷吃大人们的食物，或者自己去捕食一些小鱼了。

只要游到大人们捕来的食物旁边，就能吃得比别的孩子还多。在逆戟鲸的世界里，这种狡猾和顽强，正是强者的标志。

所以说，"断鳍"是这群小逆戟鲸中的优等生。它还非常热情地钻研起猎食的方法，整天跟在族群头领们身边，偷偷地学习捕猎技术。而别的小逆戟鲸，只是偎依在母亲身旁，傻傻地看着它。

被欺负的『断鳍』

"断鳍"生下来后头一回参加了战斗。那是在它的体长达到四米九长的时候，它靠自己的力量加入了战斗。

当时，这群逆戟鲸在首领的带领下，正在南下南冰洋。南极的季节正接近盛夏，从大陆漂过来的厚厚的冰块，在海水中渐渐消融。

这个季节，南极的虾、蟹之类开始大量繁衍，它们是鲸鱼最喜欢的食物。于是，鲸鱼开始往这里聚集，而逆戟鲸是知道这些的。

首领最初发现的，是一群抹香鲸。首领对族群发出"散开"的信号，然后自己向着抹香鲸的前方飞速地游过去。

这群抹香鲸大吃一惊，因为可怕的逆戟鲸族群正向它们袭来。

现在不是大快朵颐的时候，必须立刻逃跑。

这群鲸鱼改变了方向。波浪不惊的冰海上翻起了漩涡，浪花也蜂拥而起，抹香鲸为了躲避前方的那头逆戟鲸，而向着躲在大海里等待着它们的一群逆戟鲸的方向游去。

首领制订的战略成功了。

逆戟鲸们一齐向抹香鲸猛扑过去。

它们瞄准的目标是这群抹香鲸中身量最大的一头，它是这群抹香鲸的头鲸。大鲸鱼吃起来味道鲜美。而且，在这头头鲸的肠子里，已经有一块相当大的龙涎香，它的体力也因此被削弱了。

对我们人类来说，龙涎香是一种价值不菲的香料。但是，对抹香鲸来说，它可以说是一种类似于癌症的病兆。

鲸鱼喜欢吃乌贼和章鱼，而且吃得很多，但它们的肠子又消化不了，于是这些东西就会滞留在肠内。然后，从鲸鱼肠内会分泌出一种特殊的液体，将这些东西像珍珠一般地裹起来。

这就是龙涎香的由来。

龙涎香会一点一点变大，而抹香鲸的体力也会因此而衰弱。

当然，逆戟鲸是不知道这些的。但是，它们能看出这头最大的抹香鲸体力已经相当衰弱。

第一个冲上去的老大，对着抹香鲸柔软的肚皮顶了过去。直到这时，抹香鲸才明白过来中了逆戟鲸的埋伏。

抹香鲸发出悲鸣。

逆戟鲸接二连三地袭来，对着长满藤壶和牡蛎的抹香鲸的身体一口口咬上去，猩红的鲜血从海底如冒烟一般漂浮上来。

鲸鱼竭尽全力逃窜。

抹香鲸有结实的下颌和锋利的牙齿，但是碰到逆戟鲸还是无能为力，因为它们心里早已知道：这下没戏了。

鲸群丢下头鲸，自顾逃命去了，它们向四周游散开去。

逆戟鲸对这些逃跑的抹香鲸连正眼都不瞧一眼。

要对付这么庞大的一头抹香鲸，整个逆戟鲸群必须齐心协力、全力以赴，只要放倒了这头抹香鲸，它们就会有吃不完的肉。

"断鳍"游到了老大们身边，为了建功立业而奋力拼搏。

此时的它，背鳍还没有断掉。

如果在交战中表现出色的话，老大们就会认可自己。这一点"断鳍"是知道的。

首领也过来了。

首领的职责就是对这条巨大的抹香鲸给予最后的致命一击。鲸鱼在打得精疲力竭的时候，舌头会无力地耷拉下来，首领要瞅准这个机会，把它的舌头咬下来。只有到那时，这场战斗才算结束。

不过，首领的这项任务是相当危险的。因为它要把头伸进鲸鱼的大口里，将它的舌头咬下来。虽然鲸鱼已经体力不支，但它的牙齿依然结实、锋利，说不定会咔嚓一口把首领的脑袋给咬下来。

鲸鱼的舌头，是全身最美味的部分。

首领潜入水中，向抹香鲸的脑袋游去，去咬那条鲜美的舌头。

就在此时，有人抢在首领之前，把抹香鲸的舌头给咬掉了。如果这发生在人类社会，此时一定会听见"咋搞的！"的惊呼。

那是一条体长大约四米九的年轻的逆戟鲸。

只要年轻的逆戟鲸一摆动身体，就会有鲜血荡漾开去。

年轻的逆戟鲸表现出大无畏的战斗精神。

要是在别的场合，它一定会受到褒奖。但现在不是。

因为它抢在首领之前，把最好吃的部分偷走了。

首领发怒了。

首领将这头年轻的逆戟鲸的背鳍给咬断了。从此，这头逆戟鲸的背鳍就成了这种难看的、残缺的样子。这个残缺的背鳍，也成了大家嘲笑的对象。

"断鳍"在心底暗暗发誓："等着瞧，总有一天，我要做你们的首领！"

在这之前，我必须把体力练得棒棒的，我必须耐心等待时机——"断鳍"如此想。

"断鳍"虽然遭到了首领的沉重打击，但也因此获得了老大们的认可。

此后，"断鳍"在印度洋和大章鱼交手，在太平洋追捕海豹，在大西洋单枪匹马挑战大虎鲨。它的名气也越来越响了。

"断鳍"一边在首领的指挥下继续旅行，一边在心里琢磨着怎样才能战胜它。

就这样，不知不觉中又过了一年。

"断鳍"的体长达到了六米四，已经是成年逆戟鲸的身量了。它既聪明，又狡猾，而且还很勇敢。

秋天到了。

在白令海的普里比洛夫群岛、堪察加半岛附近的科曼多尔群岛一带，有美味的海豹和白熊。秋天是海豹和白熊最为迟钝的季节。小海豹和小白熊也不太会游水。不论雌雄，经过了一个夏天的尽情嬉闹，到秋天就会体力衰弱。

这就是逆戟鲸窥伺的目标。

首领带领着鲸群，去猎捕海豹和白熊。

"断鳍"在这场战役中一口气吞掉了六十头小海豹，它的力气已经超过了一头成年逆戟鲸。

但是，它依然不是首领的对手。

"断鳍"继续耐心地等待着打败首领的时机。

这样又过去了数年。

"断鳍"的体长已经达到八米四到八米五左右。它日复一日地茁壮成长，而首领则日复一日地衰老下去。对这样的局面，首领自己也很清楚。

"过不了多久，我就要玩不转了……"首领如此感觉。

首领心想，我必须趁现在把"断鳍"控制住。于是，它经常没来由地找"断鳍"的茬。

在这个族群里，首领和"断鳍"的气力要远远超过其他逆戟鲸。

但是，首领毕竟是首领。有时，它会用命令的口吻对"断鳍"说话，因为它要向族群显示，自己比"断鳍"强。从小就处在首领控制之下的"断鳍"，无论如何也找不到翻身的机会。

让位的首领

那一天，在地平线的远端，积雨云滚滚而来。

逆戟鲸群正在向着一群露脊鲸慢慢靠近。

逆戟鲸的首领已经策划好了。先引开露脊鲸的头鲸，然后再发动进攻。只要把领头鲸放倒了，其余的露脊鲸就会树倒猢狲散，到了那时，就可以尽情地享用一顿饕餮大餐了。

可是，"断鳍"没有服从首领的指挥。因为它觉得，把小露脊鲸活活弄死显得很有趣。所以，它只顾着追逐小露脊鲸。

过了半小时左右，露脊鲸的头鲸倒下了。

此时逆戟鲸的头儿才刚刚发觉，队伍里出了个不听自己命令的叛逆。

头儿已经累得连咽下鲸鱼舌头的力气都没有了。不过，当它看见血海中漂浮的几具小露脊鲸尸骸时，它还是觉得不可思议，怎么回事？

然后，它注意到在尸骸中间竟然有那个令人生厌的"断鳍"，于是它勃然大怒了。头儿龇牙咧嘴地朝着"断鳍"冲了过去。

由于"断鳍"刚才一直在对付小露脊鲸，所以并不是很累，不仅如此，它甚至还觉得很不过瘾。

"断鳍"看着头晕眼花的头儿，想道：这次我应该能赢。

——好！就是现在！

"断鳍"一跃而起，在空中摇摆着尾鳍，尾鳍横扫过海面，发出巨大的声响。

这是一场盼望已久的战斗。

这两头逆戟鲸慢慢靠近，肚皮贴着肚皮地同时跃起，从水里蹿到了空中。

鲜血"哗——"的一声飞溅出来。

是哪一方负伤了呢？多半是双方都受伤了吧。

牙齿对牙齿，发出巨响互相撕咬着。

鲜血飞溅，浪花翻滚。

经过两个小时的激战后，头儿终于翻了白肚皮。

胜利者将是新首领。

从那天起，"断鳍"成了族群里的头儿。

夏日的骄阳炙烤着大海，海水的温度稳步上升。

自从"断鳍"做了首领，这群逆戟鲸的行动就变得越发大胆、勇猛了。

逆戟鲸唯一害怕的就是人类。

以前的头儿，从来也不会带领鲸群靠近有人类生息的大陆。

人类是一种使用工具的动物。船只、枪炮、罗网……对于大海里的生物来说，人类所使用的工具没有一样不是吓人的。

"断鳍"彻底改变了以前首领的做法。

——大海是我们逆戟鲸的天下，有谁胆敢闯入我们的地盘，那我就叫它有来无回！

就这样，在"断鳍"的指挥下，这群逆戟鲸甚至会咬破罗网，抢夺鱼虾。它们掀翻了捕海豹的船只，抢夺猎物，船上的船员统统葬身海底。

就连人类也开始对"断鳍"感到害怕。

居住在这一带的人们甚至把"断鳍"称为"海神"。

"断鳍"的行为越来越无法无天。

从太平洋到大西洋、印度洋、南冰洋、北冰洋，"断鳍"带领着它的族群横冲直撞、胡作非为。

就这样，它们的这种狂飙之旅足足持续了二十年。

不过，不管怎么说，它与人类为敌都是极不明智的。

不管是鲸鱼也好，鲨鱼也好，大章鱼也好，巨型乌贼也好，它们没有一个是知道复仇的。

复仇之类的事，是人类社会的规则。所以，"断鳍"是不知道的。

人类开始为消灭践踏渔场的大海里的匪帮做准备。

"那个，由一头背鳍残缺的头领指挥的这支鲸鱼的杀手（也就是逆戟鲸）队伍，大约是一个有四十七头逆戟鲸组成的团伙，它们头领的体长约为十二点二米。二十一年前，挪威的一支捕鲸船队第一次发现了它们，那时它们头领的体长已经有九米十四。如此推算，它如今的年龄应该在三十岁左右。它和它的族群杀掉的鲸鱼应该在数千头之多，不对，甚至有可能已经达到了数万头的量。为了保护鲸鱼和海里的其他鱼类，我们决不能对它们听之任之……"某国的代表在各国的委员前发言说。

"我国在古代就有专门捕捉逆戟鲸的人。"日本代表说。

与在深海捕捉长须鲸、抹香鲸、座头鲸之类的鲸鱼不同，日本自古就有用小型木船在近海捕捉小型鲸鱼的人，但有时他们也会捕捉逆戟鲸。

逆戟鲸行动敏捷、游速也快，所以适合用小型且快速的船只来捕捉。

由于逆戟鲸的灾害已成为国际问题，所以政府也投入了不少力量。

而此时的"断鳍"，正率领着它的族群，从库页岛出发沿着日本列岛向南行。

"断鳍"已经上了年纪。

会有人来夺我的首领位置了——到它这个年纪，自然会产生这种担心。

由于这样的担心，"断鳍"故意对自己的部下采取恶劣的态度。

——我不会输给任何人的。

它大概是想试一试自己还有多少力气吧。

它虽然战胜了老大们，但也因此结下了宿怨。

事情发生在它们刚刚来到四国海域的时候。

"断鳍"发现了一支有着两千多头条纹原海豚的队伍，它立刻采取了从以前的头领那里学来的围剿战术。

不过，条纹原海豚高度警觉。因为就在不久前，它们曾遭到过另外一群逆戟鲸的袭击。条纹原海豚的头儿一眼就看见了逆戟鲸的队伍。当时逆戟鲸还在很远的地方，离它们还有相当长的路程，但是条纹原海豚的头儿在汹涌的浪涛中已经看出它们的大敌正驾着白浪滚滚而来，于是它发出了"咻——"的鸣声。

海豚们陷入了恐慌，它们"哗啦哗啦"地用跳背游戏一般的姿势开始逃跑。

"冲啊……杀呀……""断鳍"对整个族群发出了追击的命令。

三十海里的飞快时速。

游在最前头的，自然是"断鳍"。它已经好久没有这样全速驰游了。

陆地离得越来越近了。

"断鳍"觉得气喘吁吁了。但是，它没有停下来。

在"断鳍"的旁边，有比它足足年轻十岁、身强力壮的老大们。它们和它并驾齐驱。

混蛋，我怎么能输给你们这些菜鸟！——"断鳍"咬牙切齿地想。

海豚们光顾着逃避在后面追赶的逆戟鲸，不知不觉地游进了港湾。港湾内立时乱作一团，各种船只纷纷出动。

——你们看着！瞧我的吧！

"断鳍"不断加速。

有几头老大在半中间跟不上了，只得放弃。但是，有一头年轻的，还紧紧地跟在它后头。确实，除了"断鳍"，就数它最厉害了。

这头老大之所以这样跟随着"断鳍"，并不是为了助它一臂之力，而是为了在这场速度的较量中胜出，从而取代"断鳍"的首领位置，它此时的心情应该和当年的"断鳍"一模一样吧。

"断鳍"早就对这头老大深怀不满。在这头老大的脑门上，至今还留有某天被"断鳍"咬了一口的伤痕。

我怎么能输给你这个贼胚？"断鳍"暗自想道。海豚的悲鸣已近在咫尺，港湾里的防波堤也越来越近了。

人类制造出来的、气味特别难闻的某种液体，漂浮在整片港湾内。

老大虽然心有不甘，但只得腾腾腾地改变了方向。

"瞧你个熊样！""断鳍"辱骂着老大。

就你这副样子，还想夺我的王位，做梦去吧！——"断鳍"这样想着。

就在此时，它看见海豚胖乎乎的身体出现在它的前面。

"抓住它！"它想，这次一定能逮住这家伙。

"断鳍"奋不顾身地一跃而起，它的大嘴和四十八颗尖牙，在空中漂亮地咬住了海豚的身体。

"你去死……""断鳍"刚想到一半，突然松了口，把猎物放开了。因为它的胸膛和肚皮遭到了意想不到的打击。

"吧唧！"挡住"断鳍"势头的不是飞溅的海水，而是海岸上的沙砾。

"完了！""断鳍"拼命摇摆尾鳍，想要挣脱开来。可是，一粒粒小小的沙砾，以迅雷不及掩耳之势，飞射而来。

强者总有一天要让位，光有勇气……

这条大自然的法则，"断鳍"付出了生命的代价，才终于领悟了。

作者的话

这本书收录了《崩折的牙》《东京麻雀》和《黑色的背鳍》三篇故事。

《崩折的牙》讲的是斗犬的故事。为了训练斗犬，必须要有陪练犬陪练。关于陪练犬，在本文中有详细的描写，这里就不再赘述了。反正，这是一种整天生活在阴暗的角落里，过着悲惨日子的动物。

然而，就在这种任人宰割的犬类中，有时也会产生勇猛无敌的斗犬。这篇故事的主人公，就是这样一只斗犬。

这和从小连书都读不起的贫困家庭里有时也会诞生伟人，是一样的道理。

从小寄人篱下，过着艰辛生活的人，会养成一种不依赖别人，自强不息的性格。也正是这种性格，使他们能够成为出类拔萃的人。不过，也不是说这样的人就一定能成为强者。受不了贫穷与困苦，对社会产生强烈的不满，从而走上邪路的人也不在少数。他们是缺乏真正的勇气的。

也就是说，一个人是善是恶，是由自己的思想决定的。很久以前，我就想以出生于逆境但最终成为伟人为主题写一篇小说。这篇小说虽然让一条狗来表现这个主题，但把这条狗当作人来看也是完全可以的。

《东京麻雀》写的是一个真实的故事。

我希望引起读者们注意的是，就连麻雀这种微不足道的小鸟，都会通过不懈的学习来多少改善自己的生活环境。

另外就是，喜欢拿着气枪"砰砰砰砰"到处打小鸟的人们，我希望你们在看了本书后能够手下留情。

《黑色的背鳍》以被称为是"海洋里的匪帮"的逆戟鲸为主人公。

除非你去某些特别的海洋，一般你是看不到逆戟鲸的。所以我想，读者们多半对它是不太了解的吧。

逆戟鲸，除了害怕我们人类以外，可说是一种天不怕地不怕的动物。逆戟鲸的性格非常暴躁，而且勇猛无畏、力大无比。因此，它们有时会过于自信，做下无法无天的事情。

认为自己天下无敌，从而放松了警惕，在这种时候，大自然就一定会给你一点儿颜色瞧瞧。稍微有一点儿麻痹大意，就可能引来杀身之祸。

这篇故事讲述的就是这么一个道理。

当你得意扬扬、八面威风之时，其实也是你最危险的时候。

这个道理对我们人类也一样适用。

如果读者们从这几篇小故事里收获了一些对自己有益的东西，那我就深感欣慰了。

（写于一九六七年四月）